Lejos

Historias de gente que se va

Santiago Roncagliolo

Lejos

Historias de gente que se va

Papel certificado por el Forest Stewardship Council®

MIXTO
Papel procedente de
fuentes responsables
FSC® C117695

Penguin
Random House
Grupo Editorial

Primera edición: noviembre de 2022

© 2022, Santiago Roncagliolo Lohmann
Autor representado por Silvia Bastos, S. L. Agencia literaria
© 2022, Penguin Random House Grupo Editorial, S. A. U.
Travessera de Gràcia, 47-49. 08021 Barcelona

© Diseño: Penguin Random House Grupo Editorial, inspirado en un diseño original de Enric Satué

Printed in Spain – Impreso en España

ISBN: 978-84-204-5499-3
Depósito legal: B-16619-2022

Compuesto en MT Color & Diseño, S. L.
Impreso en Huertas Industrias Gráficas, S. A.
Fuenlabrada (Madrid)

A L 5 4 9 9 3

Índice

Barras y estrellas

Carlitos amaba a los Estados Unidos. Empapelaba las paredes de su habitación con banderas americanas, y también con afiches turísticos de lugares extraños como «Idaho, el hogar de la papa». Decía todas las palabras que podía en inglés, por ejemplo «Hershey's» o «Chuck Norris», y al hacerlo, masticaba las sílabas hasta que sonaban como en las películas. Supongo que pronunciaba realmente bien ese idioma, porque nadie le entendía nada. Hacía falta preguntarle varias veces qué había dicho exactamente.

No es que Carlitos tratase de aparentar. Al contrario. Nunca conocí a nadie tan auténtico como él. Era incapaz de fingir nada que no pensase realmente, aunque en realidad, tampoco pensaba demasiadas cosas. Si nos hicimos amigos fue porque ninguno de los dos tenía más ideas que las estrictamente necesarias. Eso une.

El padre de Carlitos era muy, muy gordo, y también era oficial de la Marina de Guerra del Perú. Había hecho estudios en Panamá, en la Escuela de las Américas, y luego en algún lugar de Estados Unidos cuyo nombre se me escapa, algo así como Nápoles. En el mundo exterior, se desplazaba precedido por un coche escolta y vestido con un uniforme negro con visera blanca que disimulaba un poco su volumen. En cambio de puertas adentro, siempre andaba en calzoncillo y camisetita. Viendo su enorme vientre a punto de reventar la camisetita, nadie habría imaginado que era un hombre tan importante.

La madre de Carlitos se ocupaba de recordarlo, y de rememorar con pasión la temporada que habían pasado en Norteamérica. Su manera de expresar que algo le gustaba mucho era decir que era «como allá». Lo mismo hacía el hermano mayor de Carlitos, que siempre hablaba de la ropa que se podía conseguir «allá». Cuando viajaba, volvía con zapatillas relucientes, como de astronautas, o con chaquetas rojas llenas de cremalleras estilo Michael Jackson. Carlitos era demasiado pequeño para tener recuerdos de «allá». Pero adoraba viajar a Disney. Había estado ahí cuatro veces desde que tenía uso de razón.

Cada vez que Carlitos hablaba de Disney, yo volvía donde mi padre y le decía:

—Quiero ir a Disney.

—¿Por qué? Yo te he llevado a Ecuador.

—Lo único que recuerdo de Ecuador es que había árboles de plátano y me dio diarrea.

—También te puede dar diarrea en Disney.

Yo pataleaba y rezongaba, pero mi padre era inconmovible. De hecho, ni siquiera se tomaba la molestia de responderme. Por la época en que Carlitos y yo empezamos a andar juntos, su principal ocupación era ponerle los cuernos a mi madre. Mamá era profesora en un colegio fuera de Lima, así que volvía a casa casi de noche. A menudo, por la tarde, papá se presentaba en casa con una mujer, cuando creía que yo había salido a jugar. La llamaba Betsy y se metía con ella en su cuarto.

Todas esas veces —o casi todas, supongo— yo estaba en casa. Yo no salía a jugar casi nunca. Los chicos del barrio jugaban fútbol, y a mí no me gustaba el fútbol. Me quedaba en casa con Carlitos, que tampoco jugaba fútbol porque eso no se jugaba en Estados Unidos. Nos pasábamos las tardes mirando las tarjetas de béisbol que su padre le traía de sus viajes al Norte. Ni Carlitos ni yo entendíamos el béisbol, así que no teníamos nada que decirnos. Las mirábamos en silencio, y quién sabe qué pensábamos. Debido a eso, en esas tardes, papá nunca nos oyó.

En cambio, Carlitos sí oyó a mi padre y a su amante varias veces, quizá una decena. Pero jamás dijo una palabra. Ni a mí ni a su familia. A lo mejor es porque con su familia hablaba en inglés, y no sabía decirlo en ese idioma. En cualquier caso, cuando papá llegaba y pasaba a su habitación entre risitas y siseos, Carlitos se limitaba a bajar la cabeza y pasarme en silencio una nueva tarjeta de algún pitcher o un catcher. Yo le agradecía mucho sus silencios, y creo que entonces empecé a valorar su compañía como nunca había hecho con nadie.

Tuve oportunidad de devolverle el favor a Carlitos, pero eso fue algunos años después, cuando ya teníamos como trece. Por entonces, mis padres ya se habían divorciado y yo empezaba a hacer esfuerzos por salir con chicas. Había una, Mily, que ya había besado a todo el barrio, al menos a los que jugaban fútbol, que siempre tenían prioridad en estas cosas. Cuando Mily terminó con el último defensa, ya nadie quería salir con ella, porque daba mala imagen.

A mí me tenía sin cuidado el currículum de Mily. Al contrario, pensaba que, con sus antecedentes, sería más fácil besarla. Y como ella lo había hecho tantas veces, me enseñaría a besar bien. Durante semanas, me apunté a todas las fiestas donde ella se presentaba. Yo era inexperto y pensaba que para besar a alguien hacía falta sentir cosas profundas. En consecuencia, me obligué a mí mismo a enamorarme de ella. Con la práctica, conseguí pensar en ella automáticamente, hasta que lo realmente complicado fue olvidarla y concentrarme en los estudios y los exámenes.

Al fin, después de varias fiestas y de bailar muchas canciones lentas, intenté darle un beso en la cocina de la casa de un amigo. Pero ella se negó:

—No te acerques —dijo.

—¿Por qué? Has besado a todo el mundo.

—Por eso. No quiero que piensen que soy fácil.

—¿Qué tiene de fácil? Llevo semanas tratando de hacer esto.

—Te diré qué vamos a hacer: todas las tardes saco a mi perro a pasear al parque. Si vienes a hacerme compañía, es posible que un día nos besemos. Pero no te imagines nada más, ¿O. K.?

Como un esclavo, acudí a acompañarla en sus paseos por el parque todo el verano, pero ella jamás me dejó tocarla. Su perro, un basset hound con cara triste, parecía reírse de mí cuando yo aparecía. Para más humillación, Mily siempre me preguntaba por Carlitos. Quería saber qué le gustaba a él. A qué jugaba. Si nos veíamos mucho. Si podía llevarlo al parque alguna vez. Hice todo lo posible por ignorar lo que me trataba de transmitir, pero al final, tuve que admitir que a ella le gustaba el imbécil de mi vecino.

Tenía mérito. Porque no lo he dicho hasta ahora, pero Carlitos distaba mucho de ser guapo. Era enorme y fofo, tenía los dientes torcidos, y jamás había mostrado ningún interés por las chicas. A lo mejor por eso le gustaba a Mily, porque era el único que nunca había intentado propasarse con ella.

Aunque Carlitos no tenía la culpa de nada, me enfurecí con él. Simplemente, su compañía me recordaba mi fracaso con Mily. Dejé de verlo. No quería que estorbase en mi esforzado camino hacia mi primer beso. Al parecer, eso sólo sirvió para que Carlitos quisiese verme más que nunca antes. Me tocó el timbre seis días seguidos. Les preguntó por mí a mis padres. Me llamó por teléfono a medianoche. Yo nunca le respondí.

No tardaría en arrepentirme de eso. El beso de Mily no llegó, pero al final del verano, me enteré por otros vecinos de la tragedia que se había cebado con la familia de Carlitos mientras yo no le hacía caso.

Ese mismo año, sus padres habían enviado a su hermano mayor a estudiar a los Estados Unidos. Patricio, que así se llamaba el hermano, había empezado a ir y venir con gran frecuencia, con demasiada frecuencia, pero eso a nadie le parecía raro. Al fin y al cabo, al padre de Carlitos lo habían ascendido a almirante. Su casa estaba llena de guardaespaldas armados y, con toda probabilidad, ganaba mucho dinero. Llevar y traer al chico no debía representar un gasto excesivo para él.

Lo que sí sorprendió a todo el mundo fue que la policía arrestase a Patricio en el aeropuerto, cuando iba a partir en uno de sus viajes. Esa vez, Patricio había pasado sólo cuarenta y ocho horas en Lima, saliendo a discotecas por la noche y durmiendo de día. Su familia apenas lo había visto, y aunque comenzaban a sospechar lo que ocurría, ninguno se animaba a preguntar. A lo mejor confiaban en que nadie detendría al hijo de un almirante.

Al principio, no pensaron que la detención de Patricio duraría demasiado. Tenía que ser un error. O el almirante-papá-de-Carlitos se ocuparía de que fuese un error. Pero por lo visto, Patricio llevaba encima demasiada cocaína como para ignorar el tema, incluso para darle una condena leve. Y al parecer, el padre tampoco toleraba esos comportamientos en su familia. Movió todos sus contactos para conseguirle una celda amigable en una prisión de máxima seguridad, pero no pudo o no quiso hacer más.

Todo esto me lo contó otro chico del barrio, y cuando lo supe, me sentí culpable por haber ignorado las llamadas de Carlitos. Fui a buscarlo de inmediato. Su madre me recibió con una expresión sombría que yo no quise interpretar como un reproche por mi ausencia. Su padre ni siquiera se dio cuenta de quién era yo.

Encontré a Carlitos entre sus G. I. Joes, que comenzaban a parecer anacrónicos en un chico de su edad, y sus pelotas de fútbol americano, que nunca usaba porque nadie sabía jugar a eso. No supe qué decirle y me senté sobre la cama. Él tampoco dijo nada. Su cuarto olía raro, pero siempre olía raro.

Después de un rato en silencio, dieron las cinco, la hora en que Mily paseaba a su perro, y a mí se me ocurrió que podía hacer algo para redimir mi falta. Me lo llevé al parque y traté de organizar una charla animada entre los tres. Cuando pensé que todo estaba encaminado, pretexté que tenía que ir al dentista y los dejé solos. No supe más, y Carlitos tampoco habló de eso nunca.

Unos seis o siete años después, me encontré con Mily en una discoteca. Bailamos, nos reímos y recordamos los viejos tiempos. Al final, pasamos la noche juntos. Fue divertido, y un punto nostálgico. Antes de quedarme dormido, recordé el episodio aquél en el parque, y le pregunté:

—Oye, ¿recuerdas aquella tarde que te dejé con Carlitos? ¿Hicieron algo? ¿Aunque fuera un besito?

—Nada —me dijo ella—. Yo lo intenté, esa tarde y muchas otras, pero él sólo quería enseñarme sus tarjetas de béisbol.

Nunca le conocí una novia a Carlitos. Nadie más lo hizo, que yo sepa. Conforme mi interés por las mujeres aumentaba y el suyo se mantenía en cero, nos fuimos distanciando.

Por supuesto, de vez en cuando nos encontrábamos por la calle e intercambiábamos unas palabras, pero cada vez más, éstas sonaban vacías, meras fórmulas de cortesía inevitables. Él solía contar enteras las últimas películas que había visto, o los últimos partidos de algún deporte que yo no entendía, y en realidad, le daba igual que yo lo escuchase o no. Recitaba el evento por completo, segundo a segundo, detallando cada punto de giro, y si yo lo interrumpía, me dejaba hablar unos segundos y luego volvía a su monólogo.

Dado su estado general de autismo, en el barrio se especulaba con la posibilidad de que Carlitos fuese maricón, que era lo que se decía de cualquier persona rara. Pero el rumor se apagó casi tan rápido como se había encendido: en realidad, Carlitos no parecía capaz de ningún comportamiento sexual.

Cuando todos dejamos de crecer, él continuó estirándose, y pronto se hizo demasiado grande incluso para entrar con comodidad en las amplias furgonetas 4x4 en que lo embutían sus guardaespaldas. La necesidad imperiosa de seguridad —su padre ya era general— le impedía venir con nosotros a nadar en la playa o simplemente a vagabundear, de modo que todo ese cuerpo se iba convirtiendo conforme crecía en una masa fofa e informe, como una medusa mutante. No obstante, todo ese crecimiento físico no iba acompañado de desarrollo hormonal. Carlitos carecía de vello facial, su voz era incómodamente chillona y aguda, y en verano, sus piernas lampiñas parecían las de un bebé gigante con zapatillas importadas.

Cuando todos en el barrio ingresamos a la universidad, Carlitos abandonó definitivamente nuestra órbita. Ni siquiera llegamos a saber si intentó ir a la universidad o no. Sólo sabíamos que trabajaba como boletero y acomodador en el cine de un centro comercial cercano. Tampoco aprendió a conducir: todos los días, bajaba a la calle con su uniforme rosado del centro comercial y se metía en una furgoneta llena de guardaespaldas. Intuyo que lo mismo hacía para regresar.

Las cosas se le complicaron cuando la carrera del general se estancó. Nada grave, supongo, quizá ya había llegado al grado superior de todos. En todo caso, su número de guardaespaldas se mantuvo varios años estable. Se rumoreaba que estaba a punto de retirarse. Y que por eso pasó lo que pasó.

Sí supe —me lo contaría el mismo Carlitos muchos después, en nuestro último encuentro, pero de eso hablaré más tarde— que llevaba varios años sin viajar a Nápoles-o-como-se-llame, ni a ninguna otra misión diplomática militar. Y en esas circunstancias, se le metió en la cabeza visitar su escuela una vez más, la última antes de su jubilación.

Quizá el padre de Carlitos quería quedar en los registros de su escuela como un exalumno ilustre. O a lo mejor sólo sentía nostalgia. El caso es que, aprovechando sus últimas vacaciones, el general viajó a Miami para tomar ahí un vuelo nacional con dirección a su escuela. Había hecho esa ruta cientos de veces. Tenía una visa americana para diez años. Pero en esta ocasión, algo falló.

En la oficina de migraciones, cuando dio sus datos, algo extraño apareció en la pantalla de la computadora del oficial. Por entonces, los americanos aún no te tomaban la foto y las huellas dactilares al entrar, pero ya te preguntaban si querías matar al presidente o si habías participado en el genocidio nazi, y por lo visto, tenían archivos digitales con todas esas informaciones.

El caso es que hicieron pasar al general a una salita aparte. Él accedió gustoso. Al parecer, pensaba que le tenían preparada una recepción oficial. Y algo de eso sí que hubo. Dos oficiales le hicieron un largo interrogatorio, cuyos detalles no consigna ninguno de los chismes de mi barrio. Cabe suponer que él les proporcionó los nombres de gente importante que conocía, en su escuela y en otras instituciones militares. Debió de sugerirles que pidiesen referencias sobre él. Mientras consultaban su expediente, los oficiales lo dejaron esperando en la salita. El padre de Carlitos se pasó horas ahí, y aún seguía en su lugar mucho tiempo después de perder su conexión.

Como ya dije, el padre de Carlitos era un hombre muy gordo. Supongo que entre los nervios y el calor de Miami, sudó mucho durante esas horas. Y su tensión se disparó. O quizá le falló un riñón. Los chismes del barrio tampoco dan muchos detalles médicos. El caso es que, cuando los oficiales volvieron al cuartito, encontraron el cadáver aferrado a su maletín de trabajo. Dentro del maletín sólo llevaba su diploma de la escuela militar y su gorra. Por eso tardaron un par de días en informar de su deceso a la familia.

Antes de terminar la universidad, me mudé a vivir solo, y cambié de barrio. La historia del padre de Carlitos la fui reconstruyendo mucho después de ocurrida, a partir de retazos de conversaciones con viejos amigos comunes. Pero incluso cuando la oí por primera vez, Carlitos y su madre llevaban mucho tiempo fuera del barrio. Habían desaparecido sin dejar rastro.

Con el tiempo me casé, y me divorcié, y me volví a casar, y me volví a divorciar. No tuve hijos, y quizá ésa fue la razón de los dos fracasos. Pero no me arrepiento. Eso sí, debo admitir que las primeras semanas durmiendo solo después de pasar años con una mujer son un infierno.

Después de mi segundo divorcio, decidí escaparme de Lima para tomar un poco de aire. Así, al menos olvidaría con más rapidez. Tenía un primo viviendo en Los Ángeles, y pasé unos días con él, pero me aburría, de modo que alquilé un auto y me dediqué a pasear por California. Aunque quizá la palabra correcta sea «deambular». No era capaz de mirar nada ni de hablar con nadie. Lo único que me hacía sentir bien era conducir durante horas por carreteras vacías.

Una tarde en Oakland me detuve a comer algo en un café. El tren pasaba justo sobre el techo de la cafetería, y yo tenía la sensación de que estaba a punto de estrellarse contra algo, igual que yo. De repente, en una mesa, descubrí a Carlitos, comiendo una hamburguesa con queso.

Frente a mis ojos pasaron sus tarjetas de béisbol. El olor raro de su cuarto. Mily. Ecos de un mundo que nunca había vuelto a tener un orden.

No puedo decir que nos saludásemos con emoción, como dos viejos camaradas. Más bien, creo que nos teníamos curiosidad. No sé si yo había cambiado especialmente, pero Carlitos seguía pareciendo una versión hipertrofiada de su hamburguesa con queso. Y juraría que esa cara seguía sin albergar un solo vello.

—Soy camarógrafo —me explicó—. Para un programa de espectáculos local. En Oakland no hay muchos espectáculos, pero está bien.

—¿Y tu madre?

—Vive conmigo aquí.

—¿Vives con tu madre? ¿Y qué haces cuando quieres echar un polvo? ¿La mandas a su cuarto?

Me reí. Pero él no se rio. Dudó por un momento, como si realmente examinase esa posibilidad, antes de contestar:

—No..., nos llevamos bien. Todo está bien.

—Claro.

Guardamos silencio. Yo no sabía cuánto tiempo llevaba él fuera, y pensé que me preguntaría algo sobre mi vida, o sobre Lima. Pero en vez de eso, después de remojar sus papas fritas en la última gota de kétchup que le quedaba, preguntó:

—¿Has visto *The Bounty Hunter*?

Su pronunciación me trajo el recuerdo de su esmerado inglés americano. Aunque después de tantos años, en ese país en que hablar inglés no llamaba la atención, la suya ya no parecía buena dicción. Sólo un inglés cerrado y masticado.

Negué con la cabeza, y él continuó:

—Jennifer Aniston tiene un exesposo que la busca para entregarla a la Policía. Cuando la encuentra, la mete en la maletera del coche, pero luego ella se escapa, y él tiene que esposarse a ella, y entonces...

Siguió una larga explicación sobre la película, casi escena por escena, que duró todo lo que tardó el sol en ponerse. A continuación, me habló del hockey sobre hielo, detallando con gestos cómo los jugadores se abrían la cabeza a golpes.

—Pero esto es Oakland —terminó—, y aquí no hay hielo.

—Comprendo.

Miré mi reloj. Había pensado pedir una cerveza más, pero cambié de opinión. Él se estaba rascando una oreja. Yo empecé a preguntarme cómo despedirme sin sonar desagradable. El tren volvió a pasar, haciendo vibrar el local.

—¿Sabes lo que siempre decía Patricio? —dijo él, de repente.

No me había atrevido a preguntarle por su hermano, y ahora que él sacaba el tema, tampoco me animé a preguntarle por qué hablaba de él en pasado.

—¿Qué decía siempre Patricio?

—Que todo lo que le ocurría era un pago justo por lo bien que se la había pasado. Que lo único que le importaba era divertirse, y lo había hecho en grande.

—Suena como una buena filosofía —dije, por decir algo.

—Lo es. Yo también creo eso. Hay que disfrutar intensamente de la vida, ¿verdad?

—Claro que sí. Claro que sí.

Sin saber por qué, no fui capaz de moverme de mi sitio. Él tampoco. Nos quedamos ahí sentados, en silencio, hasta que la camarera empezó a poner las sillas sobre las mesas. Y por mí, nos habríamos quedado más.

Donde Marcela

Antes de empezar a acostarme con Marcela, yo la detestaba. Me molestaba sobre todo su necesidad de llamar la atención. Tenía una personalidad histriónica y chillona, y le encantaba alardear de su supuestamente hiperactiva vida sexual. No dejaba de contar fiestas lujuriosas en que seducía a dos hombres a la vez, o comía hongos y bailaba desnuda en la playa. Era insoportable.

Cuando la conocí, acabábamos de entrar en la universidad, pero su exhibicionismo ya le había granjeado una gran notoriedad en la facultad de Letras. Los estudiantes sonreían y cuchicheaban al verla entrar en la cafetería. Su nombre, su teléfono y hasta su código de matrícula estaban escritos en las paredes de los baños de hombres, al lado de procaces manifestaciones de aprecio. Si alguna otra chica tenía el gatillo fácil, los estudiantes la llamaban «Marcela».

Sin embargo, todo el mundo conocía sus aventuras sólo de oídas. Todos tenían *un amigo* que la había visto haciendo una felación doble, pero nadie daba fe de haber tenido sexo con ella, ni siquiera de haberla besado. En las historias que ella misma contaba, los protagonistas eran desconocidos con orígenes borrosos y nombres olvidados. Marcela era el personaje principal de una película sucia, que los demás repetían y alimentaban con su propia imaginación.

A mí sus historias me daban igual. Yo sólo trataba de evitarla. Cada vez que veía su pelo teñido de púrpura aleteando escandalosamente por la facultad de Letras, me apartaba con discreción del camino. Pero teníamos amigos comunes, y a menudo terminábamos por coincidir a pesar de mis esfuerzos. En todo caso, yo nunca exterioricé mi opinión sobre ella. Tengo un temperamento aburrido pero práctico, y prefiero ostentar una sonrisa falsa que complicarme la vida con conflictos innecesarios. Mi hipocresía es más fuerte que yo.

En nuestro segundo año de universidad, la decana de Letras —que era del Opus Dei— prohibió que los alumnos se besasen en los jardines. Lo consideraba una falta de respeto y una actitud inadecuada en una Universidad Pontificia como la nuestra. En respuesta, Marcela se consiguió un novio sólo para besarse en los jardines todos los días, las veinticuatro horas. El novio se llamaba Wili, y tenía una enorme nariz que le daba cierto aire de Bambi adolescente. Yo nunca hablé mucho con él. Pero le tenía aprecio porque, mientras la pareja duró, ella pasaba mucho menos tiempo con nosotros y mucho más besándose en los jardines. Y en la cafetería. Y en las aulas.

Al fin, un día la decana los sorprendió y convocó perentoriamente a Marcela en su oficina. La decana estaba indignada por su conducta, pero no pretendía reprimirla sino reeducarla. Así que muy didácticamente, para hacerle notar lo inapropiado de su actitud, le preguntó:

—¿Te gustaría que tu futuro esposo exhibiese de esa manera su intimidad ante todo el mundo?

Marcela respondió:

—Yo no voy a casarme con él. Sólo quiero un polvo. Pero supongo que usted no sabe lo que es eso.

Bueno, ésa es la historia según Marcela. Estoy seguro de que no se atrevió realmente a decirle eso. Ella simplemente contaba la reunión así, y nadie tenía forma de verificarla o desmentirla.

En todo caso, al día siguiente de su comparecencia ante la decana, Wili y ella rompieron. Como de costumbre, Marcela no le dio explicaciones a nadie sobre su decisión. Pero yo conseguí la versión de Wili porque llevaba con él el curso de Lógica. Una tarde nos reunimos a estudiar, y la cosa degeneró en sesión de cervezas. Ya era de madrugada cuando él me confesó:

—¿Sabes lo que más me molesta de Marcela? Que nunca tiramos.

—Eso no es posible, Wili. No hacían más que meterse la mano todo el día.

—Hubo mucho manoseo y todo lo demás, pero siempre se arrepintió en el último instante.

—¿Quieres decir que ella...?

Wili asintió con la cabeza y concluyó su historia diciendo:

—A pesar de toda la leyenda sexual, yo creo que es virgen. Y por culpa de ella, yo también.

Su confesión me hizo odiar a Marcela más que nunca. No sólo era escandalosa sino también mentirosa. Pensaba que su conducta era repugnante. Que merecía algún tipo de castigo. De cualquier manera, mi opinión estaba condenada a cambiar, como suele ocurrir, debido a la torpe ruleta de la suerte.

Una noche, tras los exámenes, los amigos me pidieron que recogiese a Marcela para llevarla a una fiesta. Yo no conseguí negarme de una manera convincente. Era el único del grupo que tenía un carro, un viejo y destartalado Volkswagen escarabajo que nadie le había querido comprar a mi padre. Lejos de ser una ventaja, el carro me obligaba a fungir de chofer de todo el mundo y me impedía beber como los demás. Y en ocasiones, como ésta, me obligaba a cumplir tareas desagradables.

Durante todo el camino hacia la casa de Marcela, preví temas de conversación plausibles que nos permitiesen hacer el recorrido sin aspavientos ni incomodidades. Toqué el timbre ensayando un saludo que pareciese alegre sin resultar demasiado falso. Pero en vez de Marcela, abrió la puerta su madre.

—Buenas noches, señora. ¿Marcela está?

La mujer no respondió. Al contrario, me miró con una mezcla de odio y repugnancia. La figura de Marcela apareció detrás de ella, roja de rabia y vergüenza. Estaba hinchada y parecía haber llorado. Yo no sabía qué hacer en ese paisaje congelado. Opté por no hacer nada. Cuando finalmente habló, su madre tampoco me dirigió la palabra. Me miraba a mí, pero sus preguntas iban lanzadas a ella:

26

—¿Es él?

—No, mamá.

—¿Entonces éste es otro más?

—Éste no es nadie, mamá.

—¿Nadie? ¿Nadie? ¿Tú crees que soy ciega o imbécil?

La madre estalló en una andanada de insultos y alaridos. Acusó a Marcela de revolcarse con toda la universidad. Le espetó que Wili se estaba aprovechando de ella. Le escupió que no se respetaba a sí misma, y tampoco a su familia. Finalmente, le gritó:

—¡Haz lo que quieras! Total, tú vives tu vida y no te importa lo que te digan.

Y corrió escaleras arriba a encerrarse en su habitación, como si ella fuese la hija castigada.

Marcela abandonó la casa dando un portazo. Tardé un momento en reaccionar y seguirla. Ella se metió en el auto y puso la radio. A lo largo del camino, traté de romper el hielo con los temas que tenía planeados, pero no recibí respuesta. Hicimos el recorrido como quien baja al infierno. Al llegar a la fiesta, ella me tomó del brazo, me miró fijamente y me dijo:

—De lo que ha pasado con mi mamá, ni una palabra a nadie, ¿O. K.?

Lo dijo con tal firmeza que sólo atiné a asentir con la cabeza. Ella bajó la voz, se calmó un poco y continuó:

—Hemos estado recibiendo anónimos...

—¿En serio? ¿Amenazas?

—No. Alguien me espía en la universidad y le manda a mamá cartas sobre mí, sobre lo que hago y digo. Incluso le envió una foto besándome con Wili.

—¿Y quién podría hacer eso?

—Probablemente Wili. O la decana, que es una fanática, qué sé yo. Hasta podría escribírselos mi mamá a sí misma. Ella nunca ha sido muy... Bueno, ya lo has visto.

—Claro.

—Está medicada, pero a veces el mundo es demasiado para ella.

—Me lo imagino. No te preocupes, seré una tumba.

Nada más entrar en la fiesta, Marcela cambió de actitud por completo. Estaba eufórica. Reía a carcajadas, y coqueteaba a diestra y siniestra. Contó que había estado experimentando con ácidos, y que quería ponerse un piercing en el clítoris. Besó a un desconocido en el baño. Se quitó el sostén mientras bailaba, y lo agitó como una bandera al viento.

A las tres de la mañana estaba tan borracha que tuve que llevarla también de vuelta a su casa. Al llegar, la saqué del carro cargada y le esculqué los bolsillos hasta encontrar la llave. La arrastré hasta el interior y la deposité en el sofá de la entrada, tratando de no despertar a su madre.

Antes de irme, le dejé un beso en la frente.

Pocas semanas después de nuestro breve encuentro, la madre de Marcela abandonó el hogar. Dejó en su mesa de noche una pila con todas las cartas anónimas y una nota muy amarga declarando que su hija ya no la necesitaba más, que quizá nunca la había necesitado, y que se iba a vivir con una prima en Tarma. Lo hizo todo de madrugada, mientras su hija dormía en el cuarto de al lado. Cuando Marcela despertó, los ganchos de ropa penaban vacíos en el armario.

Tras la huida de su madre, la casa de Marcela se convirtió en zona liberada. Si no tenías plan, el plan era donde Marcela. Todo el día había invitados, de la universidad o de donde fuera. Y todas las noches también. Llegaban atraídos por la leyenda sexual de Marcela, que fue dejando de ser una leyenda y convirtiéndose en una constante y sudorosa realidad. O a veces simplemente aparecían llevados por la perspectiva de un centro de borrachera más barato que un bar. El caso es que llegaban. Repletaban la cocina y la sala, y a menudo también las habitaciones, llenándolo todo de humo y ojos rojos. A veces había tanta gente en la casa que ni Marcela los conocía a todos.

Con frecuencia, yo me quedaba hasta el final para ayudarla a sacar a los borrachos que se quedaban dormidos en el sofá. Les levantábamos la cara, y si no los reconocíamos, los cargábamos hasta la vereda y los dejábamos ahí. Era un trabajo rutinario y sencillo que ella me pagaba con un vaso del ron que escondía bajo su cama.

Una madrugada, ya a solas, mientras vaciábamos las últimas copas en el fregadero, ella me dijo:

—Estoy harta de que mi casa sea el burdel de todo el mundo.

—Puedes decirles que no vengan. O no abrir la puerta cuando toquen.

—¿Puedes decírselo tú?

—No. Yo no vivo aquí. Además, tú ya estás grande para decir las cosas a la cara.

—No me siento grande ni para hacerme el desayuno —respondió ella.

Le temblaba el labio y se le quebraba la voz. La abracé. Ella hundió su rostro en mi cuello, y pude sentir cómo apretaba los labios. Su pelo olía a tabaco y champú de manzanilla.

Esa noche me quedé a dormir. Pero cuando digo «dormir» me refiero exactamente a eso. No hicimos nada. Sólo nos abrazamos y cerramos los ojos.

A la mañana siguiente, yo hice el desayuno: unos panqueques fofos pero comestibles. También compré el periódico. Pasamos la mañana alternando las noticias con los dibujos animados de la televisión. Cuando me fui, a mediodía, ella se veía contenta. Yo nunca había visto a ninguna mujer tan feliz después de pasar la noche conmigo. Y por cierto, nunca la había visto a ella feliz de ese modo apacible y discreto. En la vereda, aún dormía un borracho de la fiesta anterior.

El siguiente domingo, yo estaba en casa de Marcela cuando llegó su padre a verla. Llevaba traje y corbata, y parecía tener prisa. En vez de entrar a la casa, permaneció en el umbral de la puerta con un cigarrillo en la boca. Me saludó desde ahí. Me llamó Wili, aunque Marcela y Wili se habían separado más de un año antes.

—¿Cómo va todo? —le preguntó a su hija.

—Bien.

—¿La casa, bien?

—Todo bien.

—¿Sabes algo de tu madre?

—No.

—Te he traído el dinero del mes.

—Gracias.

—Ya.

—...

—...

—¿Quieres pasar?

—Me tengo que ir. Tengo que...

—No te preocupes.

—Bueno, chau.

—Chau.

La temperatura del cuarto parecía descender a cada palabra que se decían. Después de cerrar la puerta, Marcela guardó el dinero en una lata de azúcar en la cocina. Se quedó ahí quieta, de espaldas. Estuve a punto de irme de la casa. Pero al rato regresó al sofá, me abrazó sin decir nada y se acurrucó, como un gato refugiándose de la lluvia, mientras veíamos el sol ponerse del otro lado de la cortina.

A partir de entonces, dormir juntos se convirtió en una costumbre. Lo hacíamos una o dos veces por semana. Ocurría sobre todo cuando alguno de los dos estaba triste, pero podía surgir en cualquier ocasión. A veces era domingo, el cielo estaba húmedo y frío, y yo iba a su casa y nos metíamos en la cama a ver televisión. Incluso si íbamos al cine, yo llevaba mi cepillo de dientes, por si acaso. De cualquier modo, nuestras encamadas siempre eran actos desprovistos de sexo. A veces nos acariciábamos, pero nunca llegábamos hasta el final. Creo que temíamos hacer el amor porque entonces ya no podríamos dormir juntos, al menos no de la manera en que lo hacíamos.

Además, tanto Marcela como yo teníamos amantes. Ella especialmente. Desde que dejó de inventarse las historias, era difícil encontrar a alguien de la universidad que no se hubiese acostado con ella. Eso se convirtió en una parte de nuestra relación. Con frecuencia, antes de dormir, nos contábamos nuestros episodios amatorios. A mí me gustaban alternadamente Vanessa y Cristina. A Marcela le gustaba Miguel porque era cariñoso, y Fernando porque era divertido, y Luisma era un perfecto imbécil pero la tenía muy muy grande.

—¿Y yo? —le preguntaba—. ¿Yo te gusto?

Ella se reía.

—Tú eres el que ha dormido conmigo más veces. Es como si fueras mi esposo. Mi esposo secreto.

Y me besaba en la oreja suavemente.

Por supuesto, nuestra ambigua relación nos trajo problemas con algunas parejas. Varios fines de semana llegué a su casa y la encontré con algún hombre. En la universidad, pocos podían permitirse vivir solos, de modo que los amantes de Marcela recalaban en su casa, y a veces yo me topaba con ellos. Cuando interrumpía alguna escena íntima, no me tomaba el trabajo de retirarme discretamente. Por el contrario, permanecía ahí, dando a entender que tenía tanto derecho a ese espacio como el advenedizo de turno. En mi opinión, los novios eventuales de Marcela debían sentirse satisfechos de que no reclamase también derechos sobre el territorio de su cama.

Marcela nunca me reprochó ese comportamiento. Por el contrario, lo adoptó ella misma. Cuando yo estaba con alguna otra mujer, a veces me llamaba por teléfono y me pedía que fuese a dormir a su casa. Era complicado explicarle la situación a las chicas con que salía, pero me daba igual si lo entendían o no.

Más que problemas, a Marcela y a mí esos conflictos nos producían risa. Nuestra ambigüedad, de cierta manera, nos hacía sentir superiores a los demás, como si hablásemos un lenguaje secreto. Llegué a volverme parte de sus exhibiciones públicas. Nos pasábamos horas acostados en los jardines de la universidad, abrazados. O nos dábamos pequeños besos en la boca frente a todo el mundo. A pesar de eso, ninguno de los dos le explicaba a nadie los detalles de nuestra relación, quizá porque no nos sentíamos capaces de definirla. Hasta la expresión más cercana, «amistad cariñosa», se usaba para relaciones que incluían alguna forma de penetración.

A nosotros mismos nos sorprendía lo que teníamos. A menudo jugueteábamos con la idea de llegar más lejos. Ella solía traer el tema a colación:

—¿No crees que deberíamos tirar alguna vez? Aunque sea por probar.

Yo estaba de acuerdo en teoría, pero nos costaba encontrar la ocasión. Hasta cierto punto, nuestros cuerpos se repelían, como los de dos hermanitos. Cuando nuestros rostros se encontraban demasiado cerca nos ruborizábamos como dos niños y nos apartábamos. Cuando nos acostábamos abrazados, manteníamos las manos lejos de cualquier punto sensible. Si nos tocábamos los pechos o alguna parte íntima, era siempre en son de broma y a menudo en medio de alguna conversación sobre otra de nuestras parejas. El territorio de nuestra relación estaba claramente delimitado, y cualquier escaramuza más allá de sus fronteras quedaba prohibida o acotada a las maniobras de diversión.

Sólo una vez tratamos de forzar los límites: una noche, salimos de un bar muy borrachos y nos pusimos a juguetear en una esquina oscura. No estábamos en un barrio que frecuentásemos, y por eso sabíamos que nadie conocido nos sorprendería. Nuestro juego siguió la tónica habitual. Repetimos que deberíamos alguna vez tratar de ir más allá. Hablamos —al menos yo hablé— sobre los celos que sentíamos cuando aparecía otra pareja, esas cosas. Pero esta vez, casi sin darnos cuenta, nos besamos.

Fue un buen beso, largo y húmedo, y a mí me pareció que era como si nuestras bocas encajasen una en otra, como si ya nos hubiésemos besado muchas veces antes. Sin decirnos ni una palabra, comprendimos que nuestro momento había llegado. Tácitamente, decidimos ir a su casa. Apenas podíamos caminar, y detuvimos un taxi. A pesar del alcohol, yo estaba muy nervioso. Creo que ella también.

Cuando se detuvo el taxi, Marcela bajó y se tambaleó hasta la puerta. A mí me tomó como media hora discutir la tarifa con el chofer, reunir el dinero y contar el cambio. Cuando finalmente bajé, encontré la puerta de la casa abierta. La blusa de Marcela estaba tirada en el suelo y más allá, a un lado de la escalera, se veía uno de sus zapatos. A pesar del rastro de prendas, el interior de la casa quedó a oscuras cuando cerré, y yo estaba demasiado bebido para encontrar un interruptor de luz. Subí la escalera a tientas, tropezándome contra cada escalón. Al fin, llegué a su cuarto. Me apoyé en el marco de la puerta con la mejor apostura viril que pude y dije:

—Querida, ha llegado nuestro momento.

Pero sólo me respondió el gruñir de sus ronquidos en la penumbra.

Fue casi un alivio, porque yo no estaba en condiciones de hacer un gran papel. Me metí en la cama sin quitarme la ropa. Al tocarla, descubrí que estaba desnuda. Debí de sentir una ligera excitación antes de perder el sentido.

—Quiero ser actriz —me dijo una mañana Marcela, mientras yo trataba de separar las claras de las yemas de unos huevos para hacer un suflé.

—Ya eres una actriz —le contesté—. A veces una comediante, a veces una actriz porno...

Ella me tiró a la cara uno de los huevos. Reía.

—Eres un imbécil —dijo—. Quiero entrar en un taller de actuación. ¿Crees que lo haría bien?

—¿Crees que podrás pagarlo?

—No es caro. Mi papá lo pagará con tal de que no le cuente cómo me va. Pero ¿tú irás a verme?

Marcela no tenía ningún filtro emocional. Lo que sentía se proyectaba en su cuerpo sin el menor recato. Cuando se entristecía, parecía un gusano. Incluso su color se ensombrecía. En cambio, cuando estaba contenta, su figura menuda revoloteaba por toda la casa, y era un placer verla. Esta vez, resplandecía. Se había puesto sólo una especie de camiseta larga con un dibujo de Pluto, y jugueteaba con ella como una niña. Puse los huevos en un plato hondo, los batí un poco y le volqué el plato sobre la cabeza.

—Tienes que tratarme con más respeto —le dije.

Ella me arrojó una bolsa de harina a la cara. Supongo que eso fue nuestra celebración.

Nunca vi tan feliz a Marcela como ese año. Tenía empeño, y al fin había encontrado algo que le inyectaba ganas de levantarse por las mañanas. Incluso las juergas en su casa sufrieron un ligero recorte, igual que su consumo de alcohol y de hombres. El taller sacaba lo mejor de ella, e iluminaba sus zonas oscuras.

Cada tres meses, su grupo montaba una muestra e invitaba a los parientes de los estudiantes. Ella se entusiasmaba con esas obras como si fuesen las únicas de su vida. Antes de cada función, se ponía tan nerviosa que no conseguía comer. Yo tenía que jurarle que lo iba a hacer muy bien y obligarla a probar algún bocado. Ella sólo quería fumar y beber cerveza para aplacar la ansiedad.

—No puedes subir al escenario ebria —le advertía.

—¿Por qué no? Me gusto más así que sobria.

Pero en realidad se contenía y no bebía una gota hasta terminar la representación.

Yo asistía a todas sus funciones, como un padre orgulloso. Vi a Marcela convertida en la Ofelia de *Hamlet*, la Ania de *El jardín de los cerezos* y una escolar de *Despertar de primavera*. En esas representaciones, yo era el que más aplaudía. No me interesaban especialmente los montajes, ni puedo decir que Marcela fuese una actriz especialmente talentosa. No se transformaba en los personajes que interpretaba. De hecho, más que actuar parecía fingir. Lo que yo disfrutaba era precisamente que no veía en el escenario a Ofelia ni a Ania, sino a Marcela, radiante, convertida en alguien que no era en realidad, feliz de ser otra persona.

Sin duda, se estaba transformando en otra persona. Parte de su excitación con el taller de teatro provenía de sus nuevas amistades: actores y músicos que la llevaban a nuevas fiestas, nuevos bares y nuevas experiencias. Por supuesto, también nuevos amantes. Gente mucho más libre y desprejuiciada que los de nuestro grupo anterior, a los que Marcela empezó a llamar «los reprimidos de la universidad».

La vida nocturna de su casa se fue recuperando, pero con una composición social distinta. La gente del teatro iba desplazando a los antiguos amigos, que cada vez eran recibidos con mayor frialdad, cuando no con abierta hostilidad. Yo también formaba parte del pasado que ahora ella rechazaba. Empezó a llamarme cada vez menos, y a recibir mis llamadas con una vacilación rayana en el fastidio. En un mes me canceló cuatro citas seguidas. Aunque me negaba a reconocerlo, Marcela estaba dejando de necesitarme. Y yo no había conseguido un sucedáneo para ella.

Continué asistiendo a sus fiestas mientras el paisaje se sofisticaba a mi alrededor. Cada vez más, parecía un hongo en un rosal, el espectador que proviene de un mundo en extinción. Podía sentir el fin de mi relación con Marcela, como un sismógrafo: aunque tú te mantengas en el mismo sitio, el suelo se desmorona bajo tus pies.

Una tarde, discutí con mi padre. Ni siquiera recuerdo la razón de la pelea, pero fue larga y amarga. Corrí a casa de Marcela. Necesitaba beber algo. Necesitaba tenerla cerca. Pero ella sólo me abrió una rendija de la puerta.

—Hola —me dijo.

—Hola...

—¿Necesitas algo?

—¿Puedo pasar?

—Es que...

Una sombra se proyectó fugazmente tras ella. Comprendí de inmediato que la misma sombra planeaba sobre mí.

—Ya, comprendo —dije.

—¿Todo bien?

—Todo bien.

Era casi el mismo diálogo que había tenido ella con su padre aquella vez en esa misma puerta. Salí furioso. Esperé durante semanas que me llamase a disculparse o a preguntar qué me había ocurrido ese día. El teléfono nunca sonó.

Marcela también dejó de frecuentar a gente que yo conociese. Al siguiente ciclo, ni siquiera se inscribió en la universidad. Según le explicó a una amiga común, había entrado en una etapa de evolución, de buscarse a sí misma como mujer y como artista. O algo así. Pensaba irse a Nueva York para triunfar en el teatro, y a lo mejor después, en el cine. Estaba convencida de que el Perú no comprendía su talento, y de que para crecer necesitaba buscar nuevos horizontes.

Poco antes de su partida volví a verla una vez, por casualidad, en la pantalla de mi televisor. Tenía un papel secundario en una telenovela. Sobreactuaba claramente, pero yo me quedé viéndola. Igual que era capaz de percibir sus marcas de acné bajo el maquillaje, reconocí su carácter pretendidamente oculto bajo la piel de su personaje. Repasé mentalmente sus pechos pequeños como dos manzanas, el pelo liso que nunca conseguía rizar a pesar de sus esfuerzos y la suave curva de su cadera. Después, apagué el televisor.

Al terminar la universidad, emprendí lo que podríamos llamar una vida feliz. Me convertí en redactor publicitario, un trabajo para el que habría podido estudiar menos años. Conseguí un estándar de vida medio-alto. Me casé. Tuve dos hijos. El kit completo. Sólo hace un par de meses, doce años después de aquella conversación en su puerta, volví a encontrarme con Marcela.

Apareció en un casting de la agencia en que trabajo. Tenía que mirar a la cámara y decir cinco veces «detergente Ariel: lava como ninguno». Llevaba el mismo tipo de atuendo hippie con que yo la recordaba. Y mientras recitaba el eslogan, su sonrisa era tan falsa como el mejor de mis recuerdos.

Después del casting, me acerqué a saludarla. Al abrazarla, volví a palpar el pijama de Pluto. Desde los tiempos de la universidad, mi barriga ha crecido y he perdido un poco de pelo. Ella sólo está más gastada.

—Así que ahora eres publicista. —Me sonrió. Tenía pequeñas arrugas alrededor de los ojos.

—Así que sigues siendo actriz.

—Eso es mucho decir. En realidad, trabajo en una tienda de ropa. Pero a veces vengo a los castings, sólo por diversión.

—¿Te fuiste a Nueva York?

—Eso fue hace mucho. —Bajó la mirada.

Comprendí que no le entusiasmaba el tema.

—¿Te casaste?

—¿Yo? ¡No! —Hizo un gesto, como quien apartara la peste—. Tengo un novio, pero nada formal. Tenemos una relación libre.

—Nunca vas a cambiar, ¿eh?

—¿Tú sí?

—Nadie cambia en realidad.

En verdad creía eso. Aún lo creo. La gente no cambia por mucho que lo intente. A veces parece que sí, pero es sólo su piel, que se seca y se cae para que emerja otra. Como las serpientes.

Me despidió con una de sus miradas, una muy característica, en la que no se distinguía si estaba feliz de verme o no. Intercambiamos teléfonos, como siempre en estos casos, con la certeza de que no volveríamos a encontrarnos. Cuando salió de la agencia, ya era de noche. Decidí seguirla.

No fue difícil, en realidad. Tomó un autobús en la avenida Javier Prado, y yo fui tras ella en un taxi. Tuve que pagarle al taxista un suplemento para que se adaptase a la velocidad del autobús. Marcela se bajó casi al final de la avenida, en el barrio de Surco, y atravesó un parque antes de entrar en un edificio pequeño y más o menos mugriento.

Segundos después de entrar Marcela, una luz se encendió en el segundo piso. Pasado un rato, Marcela salió a la ventana a fumar un cigarrillo. La luz se apagó diez minutos después, y así se quedó. Tomé nota mental de la zona, y de que el apartamento era de una sola habitación. Marcela tenía poco dinero y mucha soledad. A mis espaldas sonó una voz:

—¿Puedo ayudarlo?

Era el vigilante particular de la calle. Le di veinte soles y le dije:

—Mi novia vive ahí. No se preocupe. No haré líos.

A él le pareció bien.

41

Desde entonces, empecé a apostarme en la vereda casi todas las noches. En casa, pretexté un exceso de trabajo. Le dije a mi esposa que estaban despidiendo gente en la agencia, y que era conveniente tratar de destacar mientras duraba la tormenta. Ella comprendió.

Puedes aprender mucho sobre una persona con sólo fijarte en las luces de su casa. Sabes si llega a casa tan cansada que sólo consigue fumar un cigarro e irse a la cama. Sabes quiénes son sus amigos. Sabes qué días sale, y con quién. Desde una esquina poco iluminada de la vereda de enfrente, fui descubriendo noche tras noche la vida de Marcela. Para empezar, a su novio —o lo que fuera—, un chico alto y desgarbado.

Mi soborno al vigilante se convirtió en una tarifa estable, que yo sazonaba con sándwiches y bebidas gaseosas. A menudo, incluso me prestaba la silla de su caseta para que no me cansase. Después de su ronda nocturna, me hacía compañía y me preguntaba cómo estaba mi novia. Comentábamos su vida como si fuese un partido de fútbol:

—¿Cómo están las cosas esta noche?

—Tranquilas. No creo que salga. Si no ha salido hasta ahora...

—Está cansada, supongo.

—Claro. Anoche salió hasta tarde, y se ha levantado muy temprano.

El pequeño apartamento de Surco era el escenario de mi Marcela. Y yo era su único público. Su último cigarrillo de cada noche era su reverencia a la audiencia. Después, cerraba el telón de sus cortinas y terminaba la función. Y yo regresaba a mi vida con una sensación de irrealidad. Me parecía que el único mundo verdadero eran las luces de Marcela, y las breves señales de vida inteligente en su puerta.

Por fin, hace dos semanas, llegó la noche que yo esperaba. Era un jueves, y ella hizo varias llamadas telefónicas cerca de la cortina. A medianoche, cuando ya estaba a punto de irme, el novio apareció en la puerta del edificio. Discutieron un poco a través del telefonito de la puerta, y luego ella le abrió. Minutos después, escuché un gemido sordo, y quizá también el ruido de algo al caerse. De todos modos, no fue nada grave. Una crisis normal para una pareja que no termina de definir su relación. Estas cosas ocurren más tarde o más temprano. Él abandonó el apartamento vehementemente, de muy mal humor. Ella apareció en la ventana un rato antes de irse a dormir. Esta vez fumó dos cigarros.

A la mañana siguiente, telefoneé a Marcela para salir. Pareció sorprendida por mi llamada, pero aceptó. Dije en casa que saldría con unos amigos hasta tarde para celebrar que la situación se había estabilizado en la empresa. Mi esposa consideró que me lo merecía después de tanto trabajo.

Llevé a Marcela a un casino. A mí me parecía muy bonito, lleno de luces y máquinas tragamonedas. Al fondo había una barra, y proyectaban una pelea de box en la pared. En otro ambiente, mientras la gente jugaba en las tragamonedas, un dúo cantaba baladas románticas.

—¿Es ésta tu idea de una cita? —decía ella—. ¿Vienes aquí con frecuencia?

Yo me reía, y le daba de beber. Bebimos mucho, porque casi no hablamos. Al final de la noche, fuimos a su casa y nos acostamos. Como en los viejos tiempos, sólo dormimos. Ella seguía haciéndolo en posición fetal, esperando la protección de mi abrazo. Reconocí su aliento, y volví a disfrutar con el olor de sus caderas y de sus axilas. Me levanté al alba, cuando los rayos del sol se filtraban por las persianas y dibujaban una rejilla en su espalda.

—Esto es estúpido —dijo ella—. No tiene ningún sentido.

Yo la besé y me fui.

En los últimos diez días, he vuelto a casa de Marcela tres veces. En cada ocasión, hablamos poco. Ella siempre dice que lo que estamos haciendo ni siquiera puede recibir el nombre de infidelidad, es sólo un disparate. Pero nunca se niega. Dormimos unas cuatro horas y luego regreso a casa.

Sólo me dices que me quieres cuando estás borracho

Anoche (hora peruana) volvió a llamar Flavio. Aquí eran las siete a. m. del domingo, pero no me molestó. Como siempre que llama, Flavio estaba borracho y pasado de cocaína. Tampoco eso me importó, porque lo echo de menos.

A Flavio lo conocí en Madrid. En realidad, él me conoció en Madrid. Yo ya lo había visto en muchas de las innumerables telenovelas peruanas en que hacía de galán o de villano desalmado, con sus trajes bien planchados y su porte de machote. Alguna de esas telenovelas hasta la había escrito yo, pero nunca nos habíamos encontrado en las grabaciones.

A su llegada a España, Flavio se puso en contacto conmigo. Amigos comunes le habían dado mi número. Me dijo por teléfono que quería preparar una carpeta de proyectos, venderle alguno a una productora y hacernos ricos. Eso significaba que yo debía escribir esos proyectos porque el guionista era yo. Él se limitaría a aparecer en ellos porque era el guapo. Nos citamos a tomar un café.

No lo reconocí cuando llegué al café. Estaba más gordo que en las telenovelas y se había dejado barba y pelo largo. Cuando finalmente me di cuenta de que era él, tuvimos una conversación de cinco horas. Me dijo que estaba harto de ser galán, que quería ser productor. Que la televisión española era una porquería y que podíamos preparar un proyecto mejor que cualquiera de sus programas. No debíamos pensar sólo en ficción, sino en reality shows como el de Laura Bozzo, programas cómicos, incluso una serie de dibujos animados en clave de humor negro, más o menos como los Simpson pero con inmigrantes. Estuve de acuerdo y empezamos a trabajar juntos.

Trabajábamos en su casa. Flavio vivía en un estudio que antes había pertenecido a un pintor que acababa de morir. Dice Flavio que al llegar sintió el olor del cadáver, y hasta encontró en un cenicero una chicharrita de marihuana que debía haber sido del muerto. Quizá por eso, el sitio era barato.

O quizá era barato porque el edificio estaba lleno de inmigrantes. Algunos ecuatorianos y una chica colombiana reconocieron a Flavio y lo invitaron a fiestas llenas de sudamericanos que se esforzaban por decir «¿Qué pasa, tío?» y otras muestras de integración lingüística. A Flavio le parecían unos cholos de mierda, especialmente los que se esmeraban por distinguir la *c* y la *s*, sin acertar jamás.

Durante tres meses trabajamos juntos e ignoramos a sus vecinos mientras yo dilapidaba mis ahorros en Madrid. Pronto empezamos a sospechar que ninguna productora nos iba a comprar nada, ni siquiera nuestro programa escandaloso sobre parejas que se golpean ante las cámaras y familias que se desintegran en directo. Yo me estaba quedando sin dinero, y empecé a trabajar cuidando a un anciano al que había que bañar y limpiar cuando se cagaba. Flavio tenía ahorros para mucho tiempo más, porque los galanes cobran muy bien.

Cuando empezamos a cansarnos de fracasar, dedicamos nuestras jornadas de trabajo exclusivamente a beber y fumar porros en su destartalado estudio hasta la madrugada. Una noche, una española de unos sesenta años salió del apartamento de al lado y se asomó a la única ventana de Flavio, que daba al patio central. Flavio y yo teníamos los ojos hinchados y la mesa llena de botellas.

—Hola, vengo a deciros que formo parte de una asociación que ayuda a inmigrantes menesterosos. Si no tenéis dinero, la asociación os puede conseguir un sillón o una mesa, para amueblar vuestra casa.

Flavio y yo cruzamos miradas. Yo estaba sentado en el único sillón. Él estaba en el suelo. La mujer continuó:

—Y por cierto, también colaboro con una asociación para la rehabilitación de toxicómanos. Porque eso que huele no es tabaco, ¿eh?

Ésa fue la primera humillación que Flavio tuvo que soportar. A mí no me pareció tan grave, porque estaba acostumbrado a bañar al anciano. Pero a él le dolió. Decidió mudarse. Pasó tres semanas buscando un apartamento nuevo en las revistas de segunda mano y los avisos clasificados. Cuando los propietarios le contestaban el teléfono y oían su acento peruano, le decían que ya estaba alquilado. Uno de ellos le preguntó si era negro. No es que importe, acotó.

Finalmente, un propietario le permitió ver un estudio. Fuimos a verlo juntos. Es abuhardillado, dijo el propietario, muy mono. El lugar era más bien mico. No medía ni quince metros cuadrados y la inclinación del techo sólo permitía estar de pie en un punto, bajo la ventana, con la cabeza fuera del apartamento. Flavio dijo que era el lugar perfecto para fumar un cigarro en invierno. Lo tomó porque ya no soportaba más el acoso de la señora caritativa.

Por entonces, una revista para inmigrantes nos propuso escribir los guiones de una historieta para su página final. Nos asignaron un dibujante y nos dieron total libertad creativa. Preparamos unas viñetas inspiradas en una noticia que venía en el periódico sobre Boris Becker. Una chica lo había denunciado por paternidad, pero él había negado que se hubiese acostado con ella. Recién cuando el examen del ADN dio positivo, Becker tuvo que admitir que habían tenido una breve y sesión de sexo oral al paso, pero ella luego había escupido el resultado en una probeta y se había hecho inseminar.

Nosotros cambiamos a Becker por el príncipe y a la chica por una sudamericana que quería papeles. Era la época en que el príncipe estaba enamorado de una modelo sueca y las señoras monárquicas de España estaban consternadas. Pensaban que, si Felipe se casaba con ella, no tardarían en aparecer los reportajes tipo: «Yo me acosté con la reina de España», o «Las fotos de la reina de España en *topless*». A nosotros no nos gustaba la familia real, porque el rey había nacido en Roma y la reina en Grecia, pero a ellos nadie les pedía papeles ni los ponía a cuidar ancianos. La idea de la historieta nos pareció muy graciosa, pero nunca nos volvieron a llamar de la revista. Pasado un tiempo, la compramos y vimos que ya tenía una historieta, que nuestro dibujante firmaba con guiones de otro par de infelices como nosotros.

De vez en cuando, Flavio y yo compartíamos una terrible nostalgia cocainómana. Nos trepábamos por las paredes y aspirábamos el yeso de los techos. Luego corríamos al Retiro a comprarles porros a los nigerianos, pero no era lo mismo que estar en casa. La cocaína costaba en Madrid veinte veces más que en Perú. Solíamos fantasear con conseguir a un amigo que se tragase un par de condones llenos de coca y los trajese a España. Ahí sí que nos habríamos hecho ricos. O por lo menos nos habríamos matado de un infarto.

—¿Qué es lo primero que vas a hacer cuando volvamos al Perú ricos y famosos?

—Voy a hacer una raya con mi nombre del tamaño de una mesa de billar y voy a invitar a todos mis amigos a que se la jalen.

Acabábamos nuestras borracheras con los dientes negros de vino y porros. Yo regresaba a mi casa haciendo eses por la calle. Flavio se quedaba a vomitar de rodillas en su baño. Las paredes de su nuevo edificio eran muy delgadas, y a menudo los vecinos golpeaban el muro para pedirle que dejase de hacer ruido. Entonces él les gritaba:

—¡Déjenme en paz, carajo, soy una estrella!

Lo era de verdad. Asistía a todos los castings de Madrid y sorprendía a todos los directores con su rapidez para memorizar los textos, su capacidad de improvisación y su presencia escénica. Pero no había papeles para gente con acento extranjero. O si los había, eran para gente que se viese racialmente extranjera. Flavio era demasiado blanco para ser exótico y demasiado peruano para ser natural.

A veces venían de visita a Madrid otras estrellas. Ronnie San Martín vino a la gala de los premios Goya, porque había aparecido en una película de Lombardi que estaba nominada a mejor película extranjera. Y fuimos a tomar una cerveza los tres. Yo pensaba que podíamos pensar en proyectos juntos y con Perú, coproducciones, telenovelas, quizá hasta series. Resultó que Ronnie era un perfecto imbécil descerebrado que se pasó la mitad de la noche contándonos a cuántas mujeres se había tirado desde que era una estrella. El resto del tiempo lo dedicó a hacerle ojitos a una gorda de la mesa de al lado.

Cuando salimos del bar, varias chicas se nos acercaron para pedirle autógrafos a Ronnie. Lo conocían por una telenovela peruana que estaban transmitiendo por las mañanas. A Flavio también le habían ofrecido actuar en esa telenovela, pero se había negado porque estaba viniendo a triunfar en España, así que ninguna de esas chicas se le acercó. Cuando las fans lo dejaron en paz, felicité a Ronnie por su éxito. Le pregunté qué planes inmediatos tenía. Él quería hacer contactos a ver si se quedaba a vivir en España. Le recordé que en el Perú su carrera era meteórica y ganaba mucho dinero.

—Sí pues, pero ese país es una mierda —respondió.

Dijo que el Perú mata las ilusiones.

Luego añadió riendo que algún día los tres podríamos ser como Bryce, Ribeyro y Vargas Llosa, que vinieron y triunfaron en Europa y eran amigos.

Calla, pituco conchatumadre, quise responderle, pero me contuve.

Ronnie se alojaba en un hotel de cinco estrellas, en el centro. Flavio y yo regresamos a nuestras casas en metro. A la mitad del trayecto, y sin venir a cuento, recordamos los matrimonios baratos que se organizan en los McDonalds y los Burger Kings. Decenas de personas con trajes baratos manchándose las camisas celestes con grasa de carne de rata. No pudimos contener la risa.

Mientras nos carcajeábamos, una señora borracha se nos acercó y empezó a gritarnos que no debíamos burlarnos de los españoles, que veníamos a su país a comer porque nuestros países eran una basura, que si queríamos comer, ella nos podía tirar sus sobras. En el metro nadie dijo nada mientras ella nos gritaba. No sabíamos qué hacer. Ni siquiera nos dejó explicarle que nos estábamos riendo de los peruanos.

Ella siguió gritándonos, sobre todo a Flavio. Le dijo que sólo podía vestirse porque su ropa se la regalaba Cáritas. Y Flavio llevaba una chaqueta de cuero con forro interior de gamuza, una bufanda de lana cardada y un pantalón fucsia que costaba más que mi sueldo de Lima. Eso fue lo que más le dolió, creo. Después de muchos gritos

51

más, un turista argentino —porque siempre hay un argentino— se acercó y le dijo a la señora que en su país al menos había muy buenos psiquiatras. Pero nosotros no dijimos nada. Sólo cuando bajamos del metro, Flavio me dijo:

—¿Sabes cuál es el problema de este país? Que cuando una vieja viene a decirte estas cojudeces, no le puedes responder: «Calla, chola de mierda».

Al salir de la estación, nos quedamos un rato sentados en la escalera. No fuimos a un bar. Flavio dijo que quería volver a casa sin vomitar, por los vecinos, para no tener que recordarles que era una estrella. Dijo que odiaba a los españoles, sus gritos, sus impertinencias, lo toscos que eran. A mí, la verdad, los españoles me caen bien en general. Flavio continuó:

—¿Sabes cuánto ganaba yo en el Perú? Cuatro mil quinientos dólares al mes. Cuatro mil quinientos. ¿Sabes cuánto gano acá? Nada, cero, ni un centavo.

—Ya.

—Y tenía un departamento con ascensor en el estacionamiento. Había un ascensor para mi carro. También tenía carro. Y ventanas. Y coca.

—Claro.

—Deberíamos irnos allá, hacer una telenovela, forrarnos de plata. ¿Por qué te quieres quedar acá?

—No sé. No me gusta Lima. ¿Y tú?

—Yo no quiero.

Dejamos pasar un rato en silencio hasta que cerraron la estación. La noche llena de nubes gordas y espesas parecía un cerebro negro.

—Soy gay —dijo Flavio de repente.

Luego cada uno se fue a su casa.

Al día siguiente, mientras veíamos por televisión la gala de los Goya, un periodista se acercó a preguntarle a Ronnie San Martín si le gustaba España. Ronnie respondió sonriente que le encantaba y que estaba fascinado por la recepción que había tenido su último film. Film, dijo el huevón.

—Calla, pituco conchatumadre —le respondió Flavio al televisor.

Empezamos a pensar en regresar. Planeamos un programa de radio informativo y humorístico, una telenovela, una serie policial para ofrecer en Lima. Hasta le pusimos nombre a nuestra productora: «Cocodrilo Producciones».

Con el trabajo del anciano, llegué a ahorrar suficiente para viajar a Portugal. Flavio también quería hacer el viaje. Sería una despedida gloriosa de Europa. Iríamos en tren. Sesenta euros ida y vuelta sentados. Flavio dijo:

—¿Nos vamos a Portugal o nos compramos un gramo de rica coquita deliciosa?

Decidimos comprar un gramo.

Por esos días, llegó Marta, una amiga de Lima que estaba viviendo en París. Se había enamorado de un francés que la golpeaba pero sólo vivió con él hasta que expiró su visa. Ahora pasaba por Madrid de regreso a Lima. Se quedó a dormir conmigo unos días. Dormíamos juntos aunque no teníamos sexo, sólo queríamos dormir con alguien...

La noche del gramo, Marta también colaboró. Gramo y medio. Salimos por la noche. Conocí a un periodista gay y a un director de cine. Me encontré con amigos. Estaba feliz. En un momento de la noche fui al baño. En las escaleras vi a Marta besándose con Flavio. No quise interrumpirlos. Salí del bar y me perdí. Volví a encontrar a Marta a las cinco de la mañana en la calle. Subimos a un taxi y regresamos a la casa. Ella dijo:

—¿Por qué no vamos a la casa de Flavio?

Le dije que yo no quería ir.

—¡Yo sí quiero!

Le dije que Flavio vivía por el metro San Bernardo en una calle que se llamaba Colmenares u Olivares o algo así. Creo que en el 5. Creo que en el 3-B. Mientras ella seguía de largo, yo me fui a dormir. No recordaba nada de eso al día siguiente, a la una de la tarde, cuando desperté con ella a mi lado y la acompañé al aeropuerto.

Un día después, Flavio me hizo oír el contestador de su móvil. Tenía diecisiete mensajes de Marta desde las seis hasta las once de la mañana diciéndole que estaba en San Bernardo y preguntándole dónde carajo vivía.

—Vámonos de este país —dijo Flavio.

Ese día, escribí a mis amigos diciéndoles que pensaba volver. Pensé que se alegrarían. Sólo me enviaron de vuelta correos que decían: «¡Nooooo! ¿Estás loco? ¡No vuelvas nunca! Esto es una mierda...». Me contaron todas las cosas horrorosas que pasaban en Lima. Básicamente, las mismas por las que me había ido de Lima. Pero todos eran socios de estudios importantes, guionistas de transnacionales, gerentes de empresas, famosos, vivían en barrios caros.

No sabía bien qué hacer.

Inesperadamente, en esos días me llamaron de una productora donde había dejado mi currículum meses antes. El productor quería que escribiese telenovelas. Creía que sólo las mujeres, los gays y los sudamericanos podíamos escribirlas bien. Hice una prueba y les gustó. Estaba feliz cuando volví a ver a Flavio. Él, no tanto.

—Ahora tú tendrás trabajo —dijo—. ¿Y yo qué voy a hacer?

—Si entro yo, quizá pueda meterte a ti luego.

Flavio encendió un cigarro. Las tuberías de su casa sonaron. Siempre sonaban.

—Ya tengo treinta y cuatro años —dijo—. No puedo quedarme aquí para siempre, esperando.

Cambiamos de tema, pero dos días después me anunció que se iba. Esa misma noche. Y cumplió.

Trabajé para la productora dos meses, adaptando guiones mojigatos de Televisa. El productor quería que los personajes fumasen, dijesen groserías y tuviesen sexo, cosas que no hacían en los libretos originales de los años ochenta. Adapté —casi reescribí— tres proyectos y luego dejaron de llamarme. Para cobrar el trabajo, tuve que esperar un año hasta conseguir mis papeles. Durante ese tiempo, volví a cuidar ancianos, el ramo en que ya tenía experiencia. También paseé perros.

Durante las noches que pasaba en vela con un viejo, vi por la televisión una serie española de dibujos animados como los Simpson. Y un reality show con el formato de Laura Bozzo, sólo que mal hecho: a los actores se les notaba que eran actores mientras se golpeaban frente a las cámaras. Incluso apareció una telenovela original española como la que Flavio y yo debíamos haber producido. Le escribí varios correos para contárselo, pero nunca contestó.

Después de meses, volví a ver a mi amigo en una telenovela peruana que pasaban por las mañanas en Madrid. Tenía un papel secundario, pero lo hacía muy bien, como siempre. Otros amigos me fueron contando que Flavio participaba en un montaje de *Hamlet*, que iba a producir una telenovela y que tenía posibilidades de protagonizar una película. Volví a escribirle al saberlo, pero tampoco contestó.

Un día de abril llamó por teléfono. En Madrid eran las seis de la mañana. Dijo:

—¿Cómo estás? ¿Cuándo vienes?

—Estoy bien. Y tú estás ebrio y hasta las orejas de coca. Jálate una por mí.

—¿Cómo estás? ¿Cuándo vienes?

Seguí contándole cosas, pero me di cuenta de que no estaba en estado de entender ni responder nada. Sólo pudo repetir esas dos preguntas hasta colgar el teléfono sin despedirse.

En los últimos ocho meses ha llamado dos veces más —anoche fue la última— y no hemos avanzado mucho en la comunicación. Siempre cuelga sin decir adiós y sin contarme nada. De todos modos, me alegra que llame.

Asuntos internos

El fin de semana recordé a mi viejo amigo el Chino Pajares, el que tiene un revólver y un día casi me dispara en la cabeza.

Me acordé de él porque fui a Albacete con otro amigo, Borja. Borja es cómico. Presenta el monólogo de un superhéroe fracasado que se llama Guarromán. Sale al escenario con un calzoncillo rojo y cuenta chistes durante una hora. Yo siempre lo acompaño en sus giras y digo que soy su *road manager* argentino (porque un *road manager* peruano suena más falso de lo que ya es). Pero en realidad no trabajo. Me limito a beber gratis en los bares donde actúa Borja y a reírme de sus chistes, aunque ya me los sé de memoria.

El caso es que el domingo, después de almorzar, cuando ya íbamos a regresar a Madrid, descubrimos que la grúa se había llevado el coche de Borja. Una calcomanía en el suelo donde había estado el vehículo nos informaba de que ahí estaba prohibido estacionar, pero Borja se puso furioso. Dijo que no había ninguna señal. Dijo hasta «chuchasumadre», en perfecto peruano (Borja es sevillano, pero un día de estos, de tanto andar conmigo, le van a pedir visa para entrar en su país). Y no paró de insultar a la autoridad en todo el camino hacia la comisaría.

—Vas a ver cómo le grito a ese policía fascista. ¡Esto es abuso de autoridad, joder!

Y lo decía en serio. Es una cuestión de temperamento. Cuando dos españoles chocan entre sí, bajan de sus autos, discuten, se gritan durante media hora, se echan la culpa mutuamente y luego se toman los datos y se van a sus casas. En cambio, cuando dos peruanos chocan, bajan de sus autos, se fijan si el otro está bien, se disculpan por el accidente (lo llaman incidente), se tratan con mucha amabilidad y luego sacan dos revólveres y lo resuelven a tiros.

Es que los peruanos son especiales, sobre todo los policías. A mi padre lo detuvo uno una noche. Le pidió la licencia —que en Perú se llama brevete—, le hizo probar todas las luces, le abrió la maletera, lo cacheó. Como no encontró nada para multarlo, le preguntó si llevaba armas. Papá le respondió que no, y el policía se sorprendió mucho y le puso una pistola en la cara.

—¿Cómo no va a tener, pues, doctor? ¡Si esta zona es peligrosísima! Yo le puedo vender ésta para su protección.

Como el cañón de la pistola apuntaba hacia su nariz, mi papá optó sabiamente por comprarla. Entregó el dinero que llevaba, guardó el arma con cuidado en la guantera y se fue tan pronto como pudo. Tres calles más allá, lo detuvo otro policía. Le pidió la licencia, le hizo probar todas las luces del coche —que en Perú se llama carro—, le abrió la maletera, lo cacheó. Finalmente, le preguntó si llevaba armas. Mi padre, orgulloso y contento, le respondió que sí y le mostró la que traía. El policía dijo:

—¿Y la licencia para portar armas?

—Es que... Me ha vendido esto otro policía, dos calles más abajo.

—¿Está seguro de eso?

—Sí, claro.

—O sea que está usted difamando a la autoridad.

—Oiga, esto es una trampa de usted y el otro policía para robarme.

—No pues, doctor, no me falte al respeto. Eso es agresión a la autoridad y desacato.

Papá trató de protestar un poco más, pero pronto se dio cuenta de que a ese paso acabarían acusándolo de intento de asesinato. Tuvo que ir con el policía hasta un cajero automático, sacar más dinero y entregarlo con la pistola, para que no quedase huella de sus crímenes.

Por eso, este fin de semana en Albacete, me daba un poco de miedo que Borja quisiese gritarle al policía.

Pero en Albacete, a 10.254 kilómetros de Lima, las cosas son diferentes. Borja llegó al mostrador de la comisaría y le dijo al policía de guardia:

—Vengo a protestar porque se han llevado mi coche injustamente, malditos franquistas.

Borja estaba de muy mal humor y me instruyó al oído para que, si el policía lo golpeaba, yo saliese a la calle y trajese civiles que atestiguasen la agresión. Pero el policía sonreía mientras buscaba los datos en su computadora. Luego dijo:

—Ya sé cuál es. Ese coche me lo llevé yo personalmente, porque había un vado.

—¡No había ningún vado! —ya he dicho que Borja estaba furioso.

—Si quiere podemos ir y verificarlo —respondió el policía con una sonrisa que no era sarcástica—. De hecho, yo no me lo iba a llevar, pero los vecinos nos llamaron porque su coche tapaba el paso.

—¡La señal de vado era muy pequeña, entonces!

—Del tamaño oficial de todos los vados de España.

—...

—De todos modos, si cree usted que ha habido una irregularidad, puede interponer un recurso de queja. Yo mismo pondré a su disposición los papeles necesarios y lo ayudaré a rellenarlos si tiene algún problema.

Dijo todo eso con la misma sonrisa. Y comprendí que yo llevaba media hora secundando las paranoias de un hombre que vive de mostrarse en público con un calzoncillo rojo.

La multa nos dejó sin dinero ni para el autobús. Tuvimos que atravesar la ciudad a pie para ir a buscar el auto en un depósito del cinturón industrial. Mientras caminábamos y oscurecía y los coches de la carretera parecían estrellas fugaces, me acordé del Chino Pajares, el del revólver, porque él era experto en manejar a los policías.

Al Chino lo conocí en Chorrillos, el año 92, pocos días después de que un coche bomba volase la calle Tarata. Salimos juntos de una fiesta en casa de un amigo común. Era de madrugada y ya estábamos bastante borrachos. Como íbamos al mismo barrio, atravesamos un puente peatonal para tomar el autobús de la línea 10, la del Cementerio. A la mitad del puente, El Chino pensó que era un buen lugar para tomarnos una foto. Nos tomamos seis, en poses varias. Fue divertido. Por un rato.

Abajo del puente nos esperaban una tanqueta y un carro de combate. Unos infantes de marina nos pidieron nuestros documentos y la cámara. Nos explicaron que el flash de las fotos había iluminado la mitad de la villa militar que rodeaba al puente peatonal. Nos hicieron saber que, a partir de las diez de la noche, estaba prohibido subir al puente. Que vivíamos en estado de emergencia. No nos devolvieron los documentos. Ni la cámara. En vez de eso, nos hicieron subir a un camión con varios soldados. En la puerta del camión había un conscripto. No tenía más de dieciocho años, pero cargaba un fusil. Un Kaláshnikov, creo. Arrancamos.

Quince minutos después, como aún no llegábamos al final del camino, empecé a sospechar que no íbamos a la comisaría de Chorrillos como en las redadas normales sino a algún otro lugar más lejos. Discretamente y susurrando, le comenté al Chino mi preocupación. El Chino asintió con la cabeza y se volvió hacia el soldado del fusil. Se quedó un rato mirándolo fijamente en silencio. Después le dijo con aire de entendido:

—Creo que el seguro de tu arma está mal puesto, cholo. En caso de fuego cruzado, se te va a trabar el disparo.

Y le dio unas palmaditas en el hombro. El soldado no supo si agradecerle el consejo o dispararle de inmediato. Un cabo nos hizo callar y envió al Chino al fondo del camión. Entonces me volví a preguntar a dónde íbamos pero, sobre todo, me pregunté quién era el psicópata imbécil que me acompañaba.

Nos llevaron como sospechosos a la Dirección Contra el Terrorismo en la avenida España (qué gracioso, qué premonitorio me parece ahora que la avenida de la DINCOTE se llame España). Ahí, un teniente llamado Valdivia nos interrogó sobre nuestras actividades, intenciones, gustos y estado civil. Luego nos envió a un pabellón lleno de cucarachas, con algunas ratas y alrededor de cien terroristas. Nos metieron en una celda que tenía un agujero en un rincón para cualquier necesidad fisiológica. Cuando apagaron las luces, oímos gritar a uno de los reclusos:

—¿Esos pitucos están pitos?

En mi país, es así como se pregunta si esos pijos son vírgenes.

Al día siguiente, mientras echábamos desinfectante en los baños por orden superior, conocimos al que había hecho la pregunta sobre nuestra condición sexual. Era un señor llamado El Mosca, y también limpiaba el baño con nosotros. A pesar de nuestra primera impresión, El Mosca era buena gente. De entrada, como se nos notaba un poco que no éramos terroristas, se sintió entre amigos y nos confesó su secreto:

—¿Sabes qué, flaco? Yo soy ladrón de casas, de carros, asaltante, he matado una vez pero por necesidad, y de vez en cuando, también sólo por necesidad, me violo a alguna huevona. ¿Pero terrorista? ¡Ni cagando, pues, hermano! Yo soy gente decente.

Estaba indignado El Mosca. Y tenía sus razones. Los terroristas eran bastante antipáticos. No tenían sentido del humor ni se mezclaban con nadie que no fuese de su grupo. A los senderistas, incluso los emerretistas les parecían unos maricones inútiles. Y viceversa. Nuestra única comunicación con ellos fue leer las inscripciones de consignas raspadas en las paredes de la celda. Sólo hablábamos con El Mosca, que le enseñó al Chino Pajares a pelear con navaja atacando siempre de lado a lado, nunca en punta.

Pasamos encerrados en la DINCOTE cuatro días con sus noches. Todas las mañanas, el teniente Valdivia nos interrogaba repitiendo las preguntas para ver si nos contradecíamos. A mediodía, nuestros padres nos traían comida que compartíamos con otros presos. Cuando finalmente nos soltaron, el teniente Valdivia nos devolvió la cámara de fotos sin rollo. Nos dijo:

—A ustedes no los han encerrado por sospechosos, sino por huevonazos.

Y se rio.

Semanas después, leí en el periódico que durante un confuso motín en la DINCOTE, uno de los reclusos había muerto como consecuencia de seis balazos policiales. Su nombre era Rodolfo Portugal Peña @ El Mosca. Imaginé al teniente Valdivia apuntando su revólver contra la cabeza de nuestro amigo, pero el periódico no decía quién había disparado.

Esa noche, en memoria del Mosca, El Chino Pajares y yo fuimos a tomar unas cervezas en un bar de Barranco. Conversamos ocho horas seguidas. Descubrí que sus hobbies principales eran escribir poesías buenísimas y conducir borracho. Esa madrugada fue la primera vez que nos detuvo un policía, en vez de un cuerpo de la infantería de Marina.

Es que El Chino era bien bruto. Iba por la Benavides a noventa y seis por hora con media botella de whisky en la mano y media más en la sangre buscando a alguna ancianita o cochecito de bebé para llevárselo de encuentro. Cuando el policía vino a amonestarnos, simplemente no podía creer que existiésemos:

—Oiga, joven, ¿usted se ha vuelto loco o qué le pasa? —dijo.

Entonces descubrí el gran talento del Chino, cuando visiblemente nervioso y con lágrimas en los ojos (de verdad, no sé de dónde las sacó, pero tenía lágrimas) respondió:

—Lo siento, jefe, pero es que mi madre tenía cáncer. ¡Y se ha sanado, jefe! El tumor ha desaparecido. Ha sido un milagro. Así que, por favor, póngame de una vez la papeleta —o sea, la multa— porque voy al hospital in-me-dia-ta-men-te.

El policía quedó tan impactado por la noticia que nos dejó ir. La mamacita de uno es sagrada, argumentó. El Chino hasta se dio el lujo de pedirle por favor la papeleta —o sea, la multa, qué pesado es escribir con traducción simultánea—, porque pensaba que se la merecía a pesar de todo. El policía se negó rotundamente a multarlo, y no se hable más. Antes de irnos, nos regaló un par de boletos para una rifa de la policía que nunca ganamos.

Con el talento que tenía, El Chino Pajares no tardó en entrar en política. Mientras terminaba la carrera de Derecho se hizo asesor de un congresista y, con su nuevo sueldo, se compró un carro más grande. No lo hizo por ostentación, sino porque decía que en las calles de Lima nadie respeta a los chiquitos. O eso lo decía de la política, no recuerdo bien.

El nuevo auto, un Corolla, tuvo dos efectos imprevisibles. El primero fue que El Chino se puso más bestia para conducir y el segundo, que dejó de escribir poesía. Era un poeta realmente bueno y aún leía mucho, de hecho, tenía un enorme afiche de Bukowski sobre su cama, al lado de la chica Penthouse del 91. Pero ya sólo escribía para *Pasión Popular*, la revista de las barras bravas del Universitario, donde arengaba a los hinchas del equipo a abollar las cabezas del enemigo y romper todo en caso de derrota, para que el mundo supiese que la U estaba de luto. Yo me reía mucho con sus textos en *Pasión Popular*, pero un día le pregunté por qué no escribía más poemas. Me miró largamente, y en su mirada leí la compasión que le inspiraba mi pregunta. Aspiró una gran bocanada de su cigarrillo y me dijo:

—¿No te has dado cuenta de que todos los escritores son unos maricones sin futuro?

Yo no me había dado cuenta. Aún no me he dado cuenta.

Lo que sí mantuvo siempre fue su habilidad con los policías. Una vez se metió en sentido contrario por la vía rápida del circuito de playas. También estábamos borrachos y un poquito pasados de todo, pero fue divertido. Cuando el policía nos detuvo y le pidió su licencia, El Chino le alcanzó su carné de abogado. El policía dijo:

—Le he pedido el brevete, joven.

El Chino se disculpó y, de la guantera llena de bolsas de coca y ramas de marihuana, sacó su acreditación del Congreso de la República. El policía se molestó:

—Oiga. ¿Qué me está tratando de decir?

El Chino puso cara de que todo estaba muy claro. Para él siempre estaba todo muy claro.

—Nada, jefe. Sólo le muestro que soy un funcionario público. ¿Me entiende? Porque en el Congreso cumplo una función pública. ¿No?

—Ajá... —el policía trataba de seguir el razonamiento.

—Y usted también es un funcionario público, es un policía, un guardián de la ley y el orden... ¿Verdad?

—Claro...

—Entonces, como los dos somos funcionarios públicos, estoy seguro de que *nos volveremos a encontrar,* ¿no cree?

El policía estuvo de acuerdo. Le perdonó la falta, pero que sea la última vez, y detuvo el tráfico para que El Chino pudiese dar la vuelta y seguir su camino.

Unos meses después de eso, El Chino se compró el revólver que ya dije. Estaba feliz. Tenía el kit completo de limpieza y varios tipos de balas, algunas de ellas prohibidas por tratados internacionales, como repetía con orgullo. Se pasaba el día puliéndola y acariciándola. Nunca le vi querer a una mujer como a su arma. A las mujeres sólo se las tiraba. Todo el día. Una vez pasamos juntos un fin de semana en la playa. Cada uno llevó a su novia. El Chino no salió de su dormitorio en todo el viaje. En comparación, yo parecía un impotente. Pero se peleaba mucho con esa chica, cuando no se la estaba tirando. En cambio, nunca lo vi pelearse con su arma.

A mí, por el contrario, nunca me han gustado las armas.

Cuando le pregunté por qué se había comprado una, me respondió:

—Tienes que abrir los ojos, huevón. Esto se va al carajo. El día menos pensado, todos vamos a matarnos entre todos. Y ahí, el que no tenga un arma, se jodió. Así de fácil.

—¿Estás hablando del país? —pregunté.

—Estoy hablando del mundo —dijo con seguridad.

Siempre que decía esas cosas me miraba con compasión, porque yo, según él, no entendía nada.

Con el tiempo, prosperó aún más. Tras la reelección de Fujimori, a su jefe lo nombraron viceministro del Interior y El Chino Pajares empezó a trabajar cada vez más cerca de los policías.

Pasó un tiempo inaugurando comisarías a lo largo y ancho de todo el territorio nacional. Ya a estas alturas, sus compañeros de promoción ganaban tres mil dólares al mes trabajando en bufetes privados. Él no cobraba ni la tercera parte de eso. Pero cómo lo disfrutaba. Decía que su máxima aspiración era tener algún día su propio estudio, trabajar poco para ganar lo suficiente y dedicar el resto del tiempo a defender a los policías, que sí ganan muy mal, y a las víctimas de los policías, que la pasan peor.

Sobre todo, al Chino le preocupaba la educación de los policías. Se sentía responsable de sus buenos modales y su urbanidad. Alguna vez había entrado a una comisaría en la que un sargento y un cabo recogían el testimonio de una presunta víctima de violación. El interrogatorio había empezado preguntándole a la chica si solía ir a fiestas, si usaba minifalda, si bailaba muy pegada, si provocaba mucho a los varones, si le gustaría que le hicieran un examen médico exhaustivo, si le gustaban ellos, los agentes. Indignado, El Chino había irrumpido en la oficina de los policías, había mandado salir a la chica y se había encarado a los agentes con tanto aplomo que ellos hasta pensaron que El Chino tenía alguna autoridad para hacer lo que estaba haciendo. Le dijo al sargento:

—A ver, usted. Si yo lo violo, ¿es culpa de usted?

—¿Cómo?

—¡Ya me ha oído! Suponga que llamo a dos agentes, lo amarramos contra la mesa y se la metemos por el culo, uno por uno.

—No me falte al respeto, pues, doctor.

—No, no, no, ni respetos ni niño muerto. Le estoy haciendo una pregunta y quiero una respuesta. ¿Es culpa de usted o no es culpa de usted si lo violamos?

—... No.

—¿Y por qué no? ¿No va a fiestas usted? ¿Ah? ¡Contesta, pues, cara de rata!

—Oiga, no le permito q...

—¿Sí o no?

Éste era el punto en que, para atreverse a hacer eso, El Chino Pajares tenía que tener autoridad o estar dispuesto, en el mediano plazo, a que le arrancasen la piel con una navaja de afeitar. Pero el policía no estaba en condiciones de arriesgarse a reaccionar con violencia ante un funcionario de rango indeterminado del ministerio. Bajó la cabeza y susurró:

—... Sí.

—Ah, vas a fiestas. Y bebes y bailas pegado. Seguro que hasta metes mano, ¿o no?

—Pero es diferente, pues, doctor...

—¿Qué diferente va a ser, cabeza de mojón? ¿Ah? Tú tienes el culo gordo. ¿No nos estás provocando? Con ese culo, te tenemos que violar. ¿O no? Bien apretadito llevas el pantalón, mamacita.

El policía no respondió.

—Bueno, pues de ahora en adelante, a las señoritas las vas a tratar con respeto. ¿Me oyes? Lo que tienes que aclarar es si las han violado o no. Quién tuvo la culpa ya lo verá el juez. ¡Y no te quiero volver a ver haciendo cojudeces porque te juro que vengo y te la meto en persona! ¿Está claro?

—Sí, señor.

—Así me gusta. Y consíguete un uniforme que no te marque el culo. ¿Ya, hijito?

—Señor...

—¿Qué pasa?

El sargento titubeó un poco antes de decirlo:

—¿Quién es usted?

Fue un momento tenso.

El Chino se le acercó, hasta casi respirarle en el cuello. Tenía la mano muy cerca de la entrepierna del policía —esto me lo ha dicho él mismo— y parecía que iba a agarrarle los testículos. Antes de tocarlo, el policía ya sentía esos retortijones que le suben a uno hasta la garganta. Cerró los ojos y El Chino le dijo:

—No quieres ni saberlo, cuerpo de choclo. No quieres ni saberlo.

Le dio la espalda y se fue. No hizo eso por molestar ni con la intención de humillar al sargento. Lo hizo para que, en adelante, actuase con mayor dignidad institucional.

El aprecio del Chino por los policías era tanto que pronto fue nombrado jefe de Asuntos Internos. Era como esos policías que aparecen de repente vestidos de civil en las películas y dicen «Asuntos Internos» y todo el cuerpo se acojona, sólo que en vez de ellos, era El Chino Pajares.

Al principio, tuvo algunos problemas para que lo tomasen en serio en el cargo. No por ser joven ni por ser civil, sino porque tenía veinticinco años y era soltero y blanco. En consecuencia, era sospechoso de maricón. Y a los policías no les gusta que los maricones les den órdenes, y menos todavía que los investiguen. Sin embargo, cuando se corrió el rumor de que tenía un arma y golpeaba a su novia, hasta los generales empezaron a respetarlo.

De todos modos, no siguió golpeando a la novia por mucho tiempo, si es que alguna vez lo había hecho (nunca se lo pregunté). Una noche, meses después de su nombramiento, El Chino se ofreció a llevarme a casa a la salida de un bar. En el camino al carro, se encontró con su novia, que ni me acuerdo cómo se llama. El Chino me pidió que lo disculpase un segundo. Durante la siguiente media hora, los dos se gritaron en mitad de la calle mientras yo fumaba un cigarrillo tras otro al lado. Se dijeron de todo. Luego nos fuimos hacia el carro. Avanzamos seis metros y El Chino se acordó de unas cosas que no le había gritado y volvió atrás a decírselas. Eso tomó media hora más de gritos suyos y cigarros míos. Repetimos la operación cuatro veces hasta que acabé la cajetilla y decidí irme a casa solo. Nunca volví a ver a esa chica.

Para consolarse de la pérdida, El Chino se compró un perro llamado Chimbombo y se inscribió en el polígono de tiro de la avenida Pardo, donde conoció gente con sus gustos y aficiones. Ahí, un efectivo de la Fuerza de Operativos Especiales, que había peleado en la guerra con Ecuador y que una vez había matado a dos ladrones que se habían metido a su casa, le enseñó al Chino lo que llamaba la «lección número uno»:

—Cuando vayas a dispararle a alguien, no te pongas a disparar a todos lados como una mocosa histérica. Un solo disparo, entre los ojos, tiene que ser suficiente. En cambio, si disparas demasiadas veces y el otro tiene un arma, te cagaste, porque él sí disparará sólo una vez.

Cuando El Chino me repitió a mí la lección, le dije:

—Hablas como si ya hubieras matado a alguien.

—Nunca he matado a nadie —respondió—, pero un día de estos, con un poco de suerte, la hago.

Tuvo su oportunidad una tarde, mientras tomábamos unas cervezas con el Zapatón Ronsoco. Ni siquiera habíamos tenido tiempo de beber demasiado cuando entró en la casa el Mellizo Cuéllar gritando que al Chino le estaban robando el carro. El Chino ni siquiera titubeó. Vio la oportunidad de matar legalmente en defensa propia y corrió a la calle. Los demás lo seguimos. Llegamos a tiempo de ver cómo los ladrones arrancaban el carro. El Chino apuntó con cuidado y calma y esperó a que diesen la vuelta en la esquina con la intención de disparar de costado y darle de lleno al conductor. Tuve ganas de decirle que no lo hiciese, pero es mejor no interrumpir a alguien que tiene un arma de fuego en la mano. El coche empezó a doblar, ya estaba casi en la mira, cuando una viejita salió de la esquina caminando con una andadera. El Chino le gritó «¡Fuera! ¡Lárgate!» pero la viejita ni siquiera se dio por aludida, se detuvo a tomar aire en la esquina y sólo se movió muchos, muchísimos segundos después, cuando el carro del Chino ya se había perdido en el borroso horizonte de Lima.

Entonces El Chino, furioso, volvió hacia mí el cañón del arma. Fue un movimiento reflejo, como si una vez que había apuntado, tuviese que dispararle a alguien. Nada personal, sólo mala suerte. Tenía el cañón dirigido hacia mi frente. Me aterré. Otras veces, riéndonos en medio de una fiesta, El Chino me había puesto el cañón en el cuello para asustarme un poco. Eso ya me daba miedo, porque me acordaba del Flaco Cacho, un amigo del colegio al que una vez le hicieron esa misma broma y por descuido le soltaron un tiro. Dice el Flaco que no sintió nada y se fue a su dormitorio (estaban en un retiro espiritual del colegio, para colmo), pero al quitarse la camisa para tomar una ducha, vio que tenía la espalda llena de sangre. De puro milagro, la bala le había atravesado el cuello sin tocar ningún órgano vital. Y el Flaco Cacho contaba esto con la cicatriz del cuello y todo el colegio por testigo, o sea que era verdad. Así y todo, si pongo en la balanza todas las veces en que El Chino me puso el cañón en el cuello no suman tanto miedo como el que sentí ese día, cuando me apuntó a la cabeza con el gesto de quien realmente te va a descerrajar un tiro sólo para desahogarse.

Pero no me disparó.

Sólo dijo «mierda. Vieja de mierda». Y bajó el arma.

Un día, colaboré con El Chino Pajares y con mi país para reducir la corrupción policial. Me lo pidió él en persona, como parte de un plan que tenía y que, milagrosamente, el ministro había aprobado. Es que la corrupción policial de verdad, la más gorda, ocurre en los contratos de venta de uniformes, comida, equipos, armas a cargo de los altos rangos. Pero la corrupción más visible para los civiles es la de los policías de tránsito que no llevan grandes contratos, así que se consuelan pidiéndoles lapiceros y gaseosas a los conductores o, por lo menos, vendiéndoles rifas para que la cosa resulte una transacción legal.

Por eso, El Chino Pajares convenció al ministro de que, si mejoraban la imagen de la policía de a pie, habría menos presión para investigar los grandes contratos. Luego me llamó por teléfono y, dos días después, yo estaba en una sala de espera del Ministerio del Interior esperando por El Asesor Chino Pajares. A mi lado había un señor calvito, gordito y con un anillo de oro. Como estábamos aburridos, nos pusimos a conversar.

—¿Y usted qué hace por aquí? —me preguntó.

—Aquí pues, vengo a ver a un asesor.

—Ah, carajo, a un asesor —me dijo con interés.

—¿Y usted?

—Yo tengo un negocio en el aeropuerto internacional. Soy el que le pone forros plásticos al equipaje.

—Ah, sí, pues. Sí he visto sus máquinas y sus forros.

—Claro, pues, doctor —dijo él. Es que yo iba con corbata, eso te convierte en doctor—. Estoy tratando de que la dirección general de aduanas apruebe que el forro plástico sea obligatorio.

Me miró como esperando una felicitación o un sello preescolar de sonrisita.

—¿Y por qué tendría que ser obligatorio? —pregunté.

—¡Porque nos llenamos de plata, pues, doctor! Más bien, si usted puede mover sus influencias con el asesor, ya nos repartimos las ganancias.

Me dio su tarjeta. Pero antes de seguir negociando, El Chino Pajares me hizo pasar a su oficina y me ofreció un whisky. Nos sentamos y le conté la historia del empresario de los forros. Se rio:

—Ése no va a lograr nada. Si los forros se hacen obligatorios, los pondremos nosotros. Mejor que ruegue por que no le hagan caso.

Luego siguió hablándome del plan de reducción de la corrupción policial. Fijó metas, trazó gráficos, mostró cifras. Yo me sentí obligado a ser sincero:

—Chino, no entiendo. Todos aquí son una tira de corruptos. Tú también. ¿De cuándo acá les preocupa la corrupción policial?

—No, pues, hermano. Una cosa es buscarse la vida, otra muy distinta es mancillar la institución. Hay que salvaguardar el honor de la institución.

Lo dijo pleno de respeto y solemnidad. El Chino Pajares cada día me sorprendía más.

—¿Y por qué esa institución no se puede mancillar? Total, todas las demás...

—Es que la Policía no es como las otras. ¿No has visto su lema?: «El honor es su divisa».

No tuve nada que responder a eso. El Chino continuó hablando, ahora hablaba sobre mi labor. Me preguntó si tenía brevete. No tenía. Me preguntó si había conducido un auto antes. Sí lo había hecho. Y mal. Me preguntó si me interesaba ganarme un extra. Me interesaba. Sonrió. Me dijo que bebiese más y que, de ser posible, derramase un poco de alcohol sobre mi ropa. Me necesitaba apestoso, señaló.

Esa misma tarde, salí del ministerio al volante de un deportivo amarillo decomisado a un narcotraficante. El vehículo iba equipado, además de con el equipo de música y el clima artificial, con una microcámara colocada en la puerta del copiloto y dirigida hacia mi ventanilla. Mis instrucciones eran cometer todos los desastres posibles al volante para hacerme detener. Y eso era todo. Cuando el policía me pidiese un soborno, la cámara transmitiría sus palabras e imagen en vivo y en directo a un fiscal apostado en una camioneta que seguía a mi deportivo. El Chino Pajares y dos agentes vestidos de civil también estarían en la camioneta —tomándose un whisky, según me había explicado El Chino— y bajarían a detener al policía bajo cargos de corrupción. Si el experimento salía bien, las cintas grabadas se ofrecerían a la televisión para hacer un reportaje de efecto disuasivo para otros policías. Y todo gracias a mí.

La primera parte del trabajo fue fácil. Conduzco tan mal que en la primera calle entré contra el tráfico, en la segunda —que era la calle del hospital Ricardo Palma— bloqueé el paso de dos ambulancias, y en la tercera me salté una luz roja. Ahí, finalmente, oculto detrás de un muro en espera de incautos infractores, había un policía. En cumplimiento de su deber me detuvo.

—Buenas tardes. Su brevete, por favor.

—No tengo, señor policía.

El policía puso cara de preocupación, de gravedad de la situación, de magnitud de la tragedia.

—Pero se ha saltado una luz roja.

—En efecto, sí.

—¿Y su tarjeta de propiedad?

—Tampoco dispongo de momento, señor policía.

Mal. Mal. Mal.

—Uy, y aquí huele a trago, ¿ah?

—Es verdad, estuve bebiendo.

Sonrió satisfecho.

—Le voy a tener que poner una papeleta.

—Ya.

—No me queda más remedio.

—Comprendo.

Se quedó en silencio cuatro minutos y medio. Luego dijo:

—Esto le puede costar doscientos soles.

—Me imagino, sí.

—Ah. Ya veo que le sobra la plata.

—No, señor. De hecho, no tengo doscientos soles.

—Yo no lo quiero perjudicar.

—No, claro. Comprendo.

—Además, tiene que pagarla lejísimos, en El Agustino. Usted ni va por allá, seguro.

—No sabía que las multas se pagan en El Agustino.

—Es una nueva disposición.

—Fíjese.

Permaneció meditando dos o tres minutos más. Pensé en El Chino Pajares riéndose con su whisky en la mano. Me estaba aburriendo. Dije:

—¿Y cómo podríamos arreglar esto?

—Eso será según su criterio. Yo no lo quiero perjudicar.

—Gracias.

Me acercó su reglamento abierto, en una posición que albergaría justo un billete. Pero no me pidió nada que ameritase la intervención del fiscal.

—Es que ha cometido una infracción muy grave. Mire, aquí está estipulado lo referente a semáforos.

—Sí, lo veo.

Se aseguró de que lo viese bien.

—Y aquí lo del uso de estupefacientes. Porque yo no le voy a hacer un dosaje ahora, pero hay cosas que están claras, ¿no? Entre nosotros, sin ofender.

No dije nada. Luego se despegó del auto y dio algunas vueltas silbando una canción de Euforia. Cuando vio que yo no me movía, regresó:

—Mire, usted parece un buen muchacho.

—Gracias.

—Un señor hecho y derecho.

—Gracias.

—Voy a confiar en usted. Lo dejo que se vaya y, ya si usted buenamente quiere pasarse por acá, yo estaré hasta las ocho de la noche.

Luego detuvo el tráfico para que yo pudiese salir.

Tratamos con muchos policías más, pero pasó lo mismo.

El fracaso de su proyecto anticorrupción deprimió mucho al Chino Pajares. Empezó a meterse demasiadas porquerías al cuerpo. Solía venir a mi casa con un paquete de cervezas. Se sentaba, dejaba una bolsa de coca en la mesa y se sacaba el arma del cinturón. Siempre tenía que recordarle que yo vivía con mi madre y era mejor que ella no viese esas cosas. Entonces guardaba sólo la coca, porque el arma tenía licencia y era legal.

Luego se murió su perro Chimbombo y dejé de verlo durante unos meses. Creo que lo pasó muy mal. Quería a su perro como a un revólver. Además, supe que lo habían echado del ministerio por pesado y por sospechoso de maricón. Pensé que eso lo mataría. Pero tras varios meses sin aparecer, pasó una noche por mi casa. Estaba de buen humor.

—Mañana me voy de fin de semana al Norte, a ver a mi viejo que vive en Tumbes. Voy con el Mellizo. ¿Quieres venir?

Salimos al día siguiente.

Yo siempre había pensado que alguien como El Chino Pajares no podía tener papá. Quería saber de él, pero en los mil kilómetros hasta Tumbes ni lo mencionó. Aparte de no hablar del papá, durante el camino disparamos a los pelícanos en la playa, fumamos y jugamos con el botiquín del Mellizo.

Era bien bestia el Mellizo. Disparaba con armas de fuego por afición, pero lo suyo eran las drogas de síntesis. Y todas las demás. Le gustaba llamar por teléfono a una farmacia pidiendo ampolletas inyectables de un tranquilizante para gatos llamado Ketalar. Metía el contenido al microondas en una taza. El líquido se evaporaba y dejaba cristales. El Mellizo los raspaba con una tarjeta de crédito y los aspiraba. Nada especial, pero el Mellizo estaba contento de poder pedir sus drogas a la farmacia. Este país avanza, decía.

Durante el trayecto a Tumbes, sólo tuvimos un incidente con la Policía. Habían montado una redada de rutina y El Chino Pajares iba como a ochocientos por hora bien pasado de todo, como le gusta. Cuando vio la redada, frenó, dejó el vehículo en la cola y se pasó al asiento de atrás. Cuando el policía llegó a la ventanilla, El Chino Pajares le dijo que el conductor había bajado del auto y se había ido corriendo. No. No sabemos a dónde. No. No podemos mover el auto porque estamos todos borrachos. Sería ilegal. El policía movió el carro hasta un lado de la carretera y nos dejó ahí. Y ahí nos quedamos tres horas hasta que se fueron. Ese incidente ocurrió en Huanchaco, pero no importa porque en Huanchaco siempre ocurren incidentes.

La cosa es que llegamos a la casa del papá ya de noche. El Señor Chino Pajares tenía una novia morena con un culo enorme y nos saludó a los tres igual, no como si todos fuésemos sus hijos, sino como si ninguno lo fuera. Durante la cena, no habló. Y luego se fue a Ecuador a pasar la noche, porque tenía unos negocios.

A partir de aquí, narraré según lo que me contaron y lo que yo mismo deduzco. Ya en Ecuador, como a medianoche, la novia del culo enorme le dice al papá que sería mejor que viese a su hijo. Que nunca lo ve. Que El Chino Pajares es un buen chico. Que conversen ese problema que tienen. O que no lo conversen, pero que al menos se vean. El papá duda un rato y refunfuña pero termina por ceder. Le toca el culo enorme, la besa y da la vuelta.

Regresan a la frontera, cruzan el puente apestoso sobre el río sin agua y se dirigen a su casa. A la mitad del camino, una camioneta de transporte público empieza a darles bocinazos para que se quiten de su camino. La vía es angosta, así que el papá no se aparta. La camioneta —combi la llaman allá— sigue molestando. El papá grita. La novia le pide que se calme. La camioneta trata de adelantarlos y los empuja fuera del camino. Al sentir el raspón en la carrocería, el papá da un golpe de timón, se le cruza y chocan. El golpe no es grave pero bajan a verlo. El papá indignado argumenta que lo han chocado por detrás, así que es culpa de la camioneta. El de la camioneta le dice que se vaya a la mierda. Cuando van a llegar a las manos, aparece un patrullero.

El patrullero conversa con uno, luego con el otro. El papá se niega a darle dinero y luego ve que el conductor de la camioneta sí le ofrece billetes. Billetes pequeños. El papá se enoja mucho, pega de gritos, le da un infarto y se muere ahí mismo, en la carretera. Ni siquiera agoniza, se muere nomás.

En consecuencia, el policía abandona el lugar de los hechos y la camioneta también. La novia se queda sola con el cadáver, la madrugada y su culo enorme.

El cuerpo llega a la casa a las cuatro de la mañana, ya frío, más bien duro y con los ojos abiertos. Antes de explicarnos lo ocurrido, la novia llora y vomita. El Chino Pajares, que sabe de estas cosas, dice que es necesario un reconocimiento médico y un certificado de defunción para ponerle una denuncia al huevonazo del policía ése que no sabe con quién se ha metido. El Mellizo Cuéllar le prepara a la novia un combinado de diazepam y Ketalar. Luego tratamos de meter al papá en la maletera del auto del Chino, pero él dice que mejor lo sentemos en el asiento de atrás, con el Mellizo sosteniéndolo, para que no se tuerza. Y salimos a buscar un hospital.

Ahora El Chino conduce como si fuese una nave espacial. Ni siquiera se ven los árboles al lado del camino, aunque me pregunto si hay árboles en Tumbes, donde sólo he visto mandarinas y putas. La cosa es que vamos tan rápido que una sirena policial nos pide detenernos. El Chino Pajares acata la orden. Reduce la velocidad. Apaga el motor. Enciende un cigarrillo y espera. Todos esperamos. El papá espera con los ojos abiertos. El policía baja del patrullero y camina hacia nosotros. El Mellizo dice, muy bajito:

—Chino, ¿qué estás haciendo?

—Me han detenido. Me detengo.

El Chino está de mal humor. No le gusta que lo detengan. Ahora, el Mellizo habla muy lentamente, como le hablaría a un niño de cinco años.

—Chino, toma conciencia: en este carro hay una bolsa de marihuana, dos piedras de coca, varias pastillas de todo tipo, tres armas de fuego y un cadáver. Haz el favor de acelerar ahora mismo.

Y se queda calladito. Todos nos quedamos calladitos, especialmente el papá. El policía se acerca al auto, desde atrás. Ya casi puede tocarlo. Llega a decirnos algo. Pero el ruido del motor apaga su voz. Y el policía empieza a alejarse y hacerse más chiquito en el espejo.

Entonces empieza una persecución de película gringa, pero en un barrio de telenovela peruana. Corremos, chocamos contra los basureros, contra un quiosco, contra un perro, creo. Y los policías detrás. Me parece que son varios patrulleros pero no lo sé porque tengo los ojos cerrados. En realidad, tampoco creo que sea una gran persecución, ahora que lo pienso, no hay muchos patrulleros en Tumbes. Pero tengo miedo. Uno de los patrulleros se cruza frente a nosotros. Ahora tenemos que detenernos o matarlo.

Preferimos detenernos.

El policía baja del auto furioso. Grita algo que no oímos. El Chino Pajares quiere hacer alguna cosa, pero no sabe qué. El Mellizo llora. Sí. Llora. Pero no vomita. El policía se acerca a nosotros. Se asoma a nuestra ventanilla.

—Chocherita —le dice al Chino—. ¿Tú estás borracho o qué chucha te pasa?

El Chino, por primera vez, ni siquiera tiene fuerzas para inventar nada.

—Mire, jefe, es que llevábamos a mi viejo al hospital y tenemos mucha prisa.

El policía me mira a mí, mira al Mellizo Cuéllar y, sólo al final, sus ojos se posan sobre el papá recostado contra el cristal, rígido. Se queda mirándolo larga y fijamente, al menos eso me parece a mí. Al final, dice:

—Sí pues. Se ve un poco pálido el señor.

—Sí —dice El Chino.

—Ya —digo yo.

Entonces el Mellizo abraza al cadáver, pone a temblar sus labios y sus pupilas, acaricia el rostro frío del papá con su mejilla llena de lágrimas. Dice:

—De repente, se ha puesto pálido y se ha desmayado. No sabemos qué le pasa.

Todos tratamos de llorar.

—No hay problema —dice el policía—. Si se trata de una emergencia, sigan adelante. Los escoltaremos hasta la posta médica.

Y nos escoltaron hasta la posta médica. Y se fueron antes de que subiésemos al papá por las escaleras de la entrada. El Mellizo no paró de llorar en todo el camino, abrazado al cadáver.

Al amanecer, mientras esperábamos los papeles del muerto, le conté al Chino Pajares que me quería ir a España. A vivir. El Chino Pajares respiró hondo y cerró los ojos para disfrutar los primeros rayos solares de la mañana.

—España —suspiró—. A mí me habría gustado vivir en la Guerra Civil Española. No sé en

84

cuál de los dos bandos. En cualquiera. Habría sido de la puta madre.

Al día siguiente volvimos a Lima.

Nunca más lo volví a ver. Pero este fin de semana, mientras cruzaba el polígono de Albacete con Borja, eché de menos a alguien que supiese entender a los policías.

Tierra de libertad

A las siete y media de la mañana, ya hay cuarenta personas en la cola, alineadas entre el carro de combate y el patrullero asignados por España para garantizar la seguridad del consulado. De las cuarenta caras de aburrimiento y sueño, tres son negras, dos son orientales, seis son árabes y hay algunas muy rubias, pero con el rubio apagado y descolorido de Europa del Este, ese rubio antiguo y pobre. Las demás son blancas —algunas incluso españolas— o de esas razas indefinidas que salpican Sudamérica como grumos de leche en polvo sobre la superficie del café.

—Hemos debido llegar antes.

—Te has debido levantar antes.

Paula es rubia pero quiere ser negra. Tiene culo de negra. Tiene el pelo rizado de una mulata brasileña, que cuida con productos que no se consiguen en España, productos que le manda su madre y que llevan etiquetas con palabras como Beleza o Sensualidade y fotos de morenas regordetas. En España, siempre le preguntan si su pelo es natural. Siempre le preguntan si es italiana. A mí me preguntan si soy argentino. Cuando respondo que soy peruano, me dicen: «¡Pero no pareces!». Creo que lo dicen como un elogio, de buena onda.

A las ocho, se acerca a nosotros el vigilante de la puerta. Lleva anotados nuestros nombres y los verifica con nuestros pasaportes. Nos pide que nos peguemos a la pared. Los fusiles de los militares españoles no nos apuntan. Tampoco el revólver del vigilante, mientras sigue revisando las identidades de la fila.

—Trajiste la invitación de la universidad, ¿verdad? —pregunto.

Paula me la muestra. La carta dice que Paula participará en un congreso de escritoras de la Universidad de Nueva York y que yo viajaré con ella. En el segundo párrafo, da el nombre del grupo de trabajo en que estará inscrita Paula.

—«Grupo de trabajo». Mierda.

—¿Qué pasa?

—Van a pensar que estás yendo a trabajar.

—Es sólo un congreso. Son seis días.

—Ya. Pero éstos son funcionarios...

—¿Prefieres que no mostremos la carta?

—No tienen que pensar. Si dice trabajo, es trabajo.

—¿Prefieres que no mostremos la carta?

—Muéstrala. Yo pondré en mi formulario que voy por turismo.

Lo digo de mal humor. No estoy molesto con ella. Sólo estoy de mal humor.

—¿Por qué te enojas? —pregunta ella.

—No estoy enojado.

Saco el formulario de solicitud y busco el apartado de motivos del viaje, que está justo antes de la serie de preguntas: «¿Ha participado usted en el genocidio nazi?», «¿Ha sufrido desórdenes mentales o drogadicción?», «¿Planea entrar en los Estados Unidos para participar en violaciones, atentados terroristas o alguna otra actividad ilegal?». Escribo *tourism*.

Delante de nosotros, un grupo de mexicanos engorda. Cuando llegamos eran tres. Ahora son seis y está llegando otro, que se incorpora a la fila con sus amigos. Son las nueve y media. Hace mucho calor. Les pido que respeten el orden de llegada. Amablemente, me piden disculpas, pero no se mueven. No sea malito, me dicen.

Soy muy malo.

Me acerco al vigilante para que ponga orden. El vigilante está en el interior de la cabina antibalas de la entrada. La tabla en que anota la asistencia está apoyada contra la ventana. Puedo ver el reverso de la tabla. Lleva pegado un cartelito que dice:

NO ME CUENTES TU VIDA
Yo sé que es muy triste
Todos tenemos historias tristes

¿No ves que no me interesa?

Regreso a mi sitio sin decir nada. Los mexicanos agradecen mi complicidad. Les dedico una sonrisa llena de sudor e hipocresía.

Son las diez y media cuando sale el vigilante y abre la puerta para las siguientes diez personas. A pesar de los mexicanos, el turno nos alcanza. El vigilante me revisa, me palpa y me quita la mochila. Hace lo mismo con Paula.

Y entramos en territorio de los Estados Unidos de América.

El territorio americano se compone de: 1) cabina de vigilancia, 2) vigilante de la cabina, 3) alfombra con el águila de los Estados Unidos, 4) puerta blindada, 5) salón de espera (porque aún no termina la espera). Tomamos nuestro sitio en la siguiente cola. Me coloco yo primero. Paula me mira con fastidio. Le pregunto:

—¿Qué pasa?

—Nada.

Nada. Odio cuando las mujeres dicen nada. Te miran como si fueran a degollarte y te dicen nada. Entonces vuelves a preguntarles qué pasa y se enojan porque no lo sabes. O dices bueno y se enojan porque no has vuelto a preguntarles. O no haces nada y se enojan porque no haces nada. Tenemos una amiga andaluza que dice: cuando estés furiosa y tu novio finja no saber por qué, díselo. No está fingiendo. Realmente no se ha enterado de lo que te pasa, porque es un idiota.

Todos somos igual de idiotas. No es mi exclusividad.

—¿Estás molesta porque me he puesto delante de ti?

—No es eso. No es de ahora. Estoy molesta porque nunca piensas en mí.

En la sala de espera, hay dos grupos. Los norteamericanos esperan sentados. Son unos doce y los atienden en cinco ventanillas. Los extranjeros tenemos asientos también, pero no cabemos todos. Somos más de ciento cincuenta y nos atienden en tres ventanillas. No hay ventanas. Sólo tres cristales empotrados en el muro. Detrás de los cristales hay una bandera de estrellas y franjas y tres funcionarios que rotan. No podemos tocarlos. Hay un muro antibalas entre nosotros y ellos. Abro el libro que he traído.

—¿Vas a leer? —pregunta Paula.

—No.

Cierro el libro. Es un libro de Roth sobre un hombre al que le han extirpado la próstata que habla sobre otro hombre que toma Viagra para acostarse con una mujer treinta años menor que se ha divorciado de un veterano de guerra que ha asesinado a sus hijos. Estoy en América. Y no quiero pelear con Paula.

Hemos peleado cada día de las tres semanas que tarda la cita para pedir la visa. La última vez fue hace dos días. Vine al consulado a preguntar si no importa que mi permiso de residencia español esté en renovación. El trámite dura ocho meses, y cuando te la conceden, ya tienes que renovarlo de nuevo. Pero tengo un papel que certifica que estoy en trámite. Siempre estoy en trámite. Quería saber si podía pedir la visa con ese certificado.

En el consulado me dijeron que para cualquier pregunta tenía que llamar por teléfono a una línea de cobro revertido. Que no podía dirigirme a ningún ser humano para pedirle información. Me dieron un papel con las instrucciones, un papel que yo ya tenía. Volví a casa y llamé al número del papel. Una grabación me repitió durante seis minutos pagados por mí todas las cosas que decía el papel. Cuando al fin hablé con una persona, me dijo que ella sólo podía fijar una cita. Toda la información necesaria está en el papel o en la grabación, dijo.

Después fui a pagar la tasa para pedir la visa. Cien dólares o euros por persona, según qué moneda esté más cara. Así me explicaron en el banco. Tenía que darles los números de nuestros pasaportes. Sólo después de pagar los cien dólares, me di cuenta de que Paula me había dado un pasaporte vencido.

De vuelta en casa, arrojé su pasaporte en una mesa.

—¡Acabamos de tirar a la basura cien euros porque guardas un pasaporte vencido!

—Tengo que guardarlo porque ahí está mi visa anterior. Hemos tirado los euros a la basura porque tú no te enteras.

—¡Yo no me tengo que enterar de TUS putos papeles!

—Llevaremos los dos pasaportes. Podemos explicarlo.

—Ojalá me lo puedas explicar a mí cuando no lleguemos a fin de mes. Porque en esta casa, con cien dólares se come dos semanas.

Luego me encerré de un portazo en mi estudio. Casi no hemos hablado en dos días. Por las noches, escribo hasta tarde para llegar a la cama cuando ella esté durmiendo.

Pero hoy ya no quiero pelear más. Tomo conciencia de que son las once y aún no he desayunado. Me suena el estómago. Abrazo a Paula:

—Necesitamos unas vacaciones. Diez días en Nueva York. Con alojamiento gratis en Manhattan.

La beso. Ella se resiste, pero cede cuando le recuerdo nuestro apartamento en Manhattan. Nos lo va a prestar Carlo. Carlo se fue a Los Ángeles tres años antes de venirme yo a España, con un contrato de trabajo para enseñar español en una universidad mientras hacía una maestría. Ahí se empezó a convertir en un genio de la burocracia académica. Consiguió una beca, y luego un traslado de beca a la Universidad de Nueva York, y luego la dirección de un programa de estudios de español para los alumnos que le valió un viaje a Madrid con todo pagado y sin nada que hacer. Aquí nos reencontramos y nos pusimos al día en materia de cervezas.

Carlo decía que sangraría a los contribuyentes americanos mientras tuviese alma en el cuerpo y que para sacarlo de Nueva York tendrían que usar un revólver. Su único día de trabajo en dos meses en Madrid fue cuando los estudiantes se asustaron por unas manifestaciones contra la guerra. Creían que los españoles los odiaban. Carlo trató de explicarles que no era contra ellos sino contra el presidente. Pero no entendían la diferencia. El presidente es América. América somos nosotros.

América son ellos. Carlo estaría de viaje en Perú durante nuestra estancia en Nueva York y nos dejaría las llaves de su apartamento en Manhattan.

—Necesitamos relajarnos, ¿no? —dice Paula.

—La incertidumbre nos pone de mal humor. Al regreso buscaremos trabajos más estables. Pero hasta entonces, la pasaremos bien.

Paula mete su lengua en mi boca. La beso con los ojos abiertos. Sobre los asientos para extranjeros, hay un televisor mudo que pasa todo el tiempo imágenes de CNN. Aparece Bush en Senegal, ante la puerta por la que salían los esclavos africanos hacia las colonias. Recuerdo cuando yo trabajaba en el Ministerio del Interior en Perú. Una vez nos visitó el zar antidrogas de Estados Unidos, Barry McCaffrey. Desde el día anterior, los agentes de su guardia personal revisaron cada rincón del ministerio sin decir una palabra en español, ni siquiera «hola». Al Charapa Huertas lo levantaron con todo y silla para verificar que no hubiese explosivos bajo su escritorio. La mañana de la visita, se apostaron en todas las salidas y cerca de todos los lugares por los que iba a pasar McCaffrey. Uno de ellos, con un micrófono, daba indicaciones desde mi oficina, que no me pidió permiso para usar. Con el plano del edificio en la memoria, ordenaba desplazamientos, reubicaba guardaespaldas y pedía informes de situación. McCaffrey apareció a las doce de la mañana con un séquito de cincuenta y dos funcionarios. Él y su gente no entraban todos juntos en la oficina del ministro. Se quedó diez minutos, manifestó su preocupación por el narcotráfico, le dio la mano al ministro frente a las cámaras de televisión y se fue. Ahora me imagino a Bush frente a la puerta de los esclavos y a doscientos guardaespaldas machacando a los funcionarios del museo de la puerta para que él pueda dar su discurso sobre la libertad.

—¿Por qué me besas con los ojos abiertos?

—¿Qué?

—¿Por qué me besas con los ojos abiertos? Odio eso.

—Paula, basta...

—Si fuera Claudia, me besarías con los ojos cerrados, ¿no?

—¿Vamos a volver a hablar de eso?

—No trates de hacerme sentir loca. Hasta Andrés y Verónica lo han notado. Se te está tirando encima y a ti te encanta.

Claudia es una chilena que se fue a estudiar a Italia. Después, como no consiguió trabajo ahí, se instaló en España. Pero odia España. Sólo le gusta Italia. Todo el tiempo habla de Roma. Quiere casarse. Con quien sea. Paula piensa que me coquetea. Por lo visto, todo el mundo piensa que Claudia me coquetea. Quizá yo también le coqueteo.

—No me voy a poner a discutir esto acá, Paula. Llevemos la fiesta en paz, por favor...

En ese momento, llega nuestro turno en la ventanilla. Tras el cristal nos atiende una española. Detrás de ella puedo ver algunas computadoras y un par de oficinas embanderadas. La española ni siquiera nos mira a la cara. Recibe nuestros papeles, verifica que hayamos pagado, nos manda esperar de nuevo y se los lleva a algún lugar en el fondo.

Seguimos esperando y Paula no habla. Le toco la pierna pero retira mi mano. Me retiro yo también. Abro mi libro. Leo un par de páginas hasta que la escucho:

—Ni siquiera vas a tratar de resolverlo, ¿verdad?

—¿Resolver qué?

—Te da igual lo que yo piense. Siempre te da igual.

—Eso no es verdad. Sólo que no quiero discutir acá.

—Ni acá ni en ninguna parte.

—¿Es por Claudia? ¿Esto es por Claudia entonces?

—Estás dispuesto a ser amable con cualquier persona en el mundo menos conmigo. ¿Por qué?

—Necesitamos airearnos un poco, Paula, conseguir trabajos fuera de casa, no vernos tanto... Creo que no nos soportamos por eso.

—¿No me soportas?

—¿Tienes que tomártelo todo tan trágicam...?

—¿No me soportas?

—Paula, no me hagas perder la paciencia...

—No sé si quiero hacer este viaje contigo. Quizá sea mejor que vaya sola.

Trato de calmarme para no explotar. Estoy cansado. Una rubia que parece rusa abandona la ventanilla con su pasaporte en la mano. Dos venezolanos sonrientes y evidentemente adinerados se despiden en inglés de un funcionario. En la ventanilla 2, una mujer jura que le van a aumentar el sueldo. Luego se retira llorando. Una chica que parece su hija la abraza. En la televisión hay un reportaje mudo sobre la caída de la bolsa. Quiero irme.

Una voz pronuncia mi nombre con acento yanqui. Está en la ventanilla 3. Es un negro. No. Un afroamericano. Le pido que me deje comparecer con mi novia, digo que vamos a viajar juntos. Accede con un gesto de la cabeza. También tiene los papeles de ella. Empieza a revisarlos frente a nosotros. Dice:

—Viajáis por razones distintas.

—Yo la acompaño por turismo, pero ella va a un congreso d...

El funcionario dice algo en inglés. Dudo en qué idioma es la entrevista.

—¿Perdone?

—Usted es traductor.

Lo ha mirado en el apartado *Present Occupation (If retired, write «retired». If student, write «student»)*.

—Sí, soy traductor.

Dice algo más en inglés, pero habla tan rápido y está tan detrás de un cristal que no le entiendo.

—¿Perdone?

Vuelve a decirlo en inglés. Vuelvo a no entender. Mira a ambos lados. Les dice algo a sus compañeros mientras presiona las teclas de su computadora. Todos se ríen. Llego a escuchar:

—*I am gonna kill you...* —entre risas.

El funcionario se concentra en la computadora. Después de un rato, como si recordase que estamos ahí, pregunta:

—¿Certificados de trabajo?

—Tenemos cartas de nuestros diversos empleadores. Somos independientes. Trabajo para tres editoriales. Traje cartas de las tres...

—¿Tienen contratos?

—No, somos independientes. Pero los trabajos que realizamos están detallados en...

97

Dice algo en inglés.

—¿Cómo?

—¿Ella tiene contratos?

Ella es Paula. Dice:

—Yo enseño portugués... Traje una carta...

—¿El contrato?

—No es un contrato...

Se vuelve hacia los funcionarios a su lado. Parece que han contado algo muy gracioso. Luego trata de hacer funcionar su computadora. Quizá comparten un chiste informático, porque ahora todos miran a sus pantallas y se ríen. El nuestro repite que va a matar al otro y ahora se ríe a carcajadas. Sin dejar de reírse, nos pregunta algo en inglés:

—¿Disculpe?

—*Properties*? ¿Propiedades?

—Les he traído el saldo de mi cuenta de ahorros...

—¿Propiedades?

—No.

El funcionario sigue buscando algo en su máquina. Se aburre. Saca unos papeles de un cajón. Los firma. Me doy cuenta de que nos está negando la visa. Nos está negando la visa con una sonrisa blanca en su cara negra. Nos arroja los papeles junto a nuestros documentos por debajo de la ventanilla. Se disculpa en inglés —eso sí lo entiendo— y nos anima formalmente a volver a intentarlo. Los papeles dicen que no hemos demostrado «tener vínculos familiares, sociales o económicos suficientemente sólidos en su país de residencia para garantizarnos que su proyectada visita a los Estados Unidos vaya a ser temporal».

Salimos de ahí casi a la hora de almorzar. Caminamos hasta la esquina entre los cuerpos de seguridad consulares. Nos suenan las tripas. Entre las perfumerías y boutiques de alta costura que rodean el consulado, no encontramos ningún sitio donde desayunar aparte de un Starbucks. Entramos. Trato de encender un cigarrillo pero no me dejan fumar. Pido un vaso de agua, un café y un panecillo de cuatro euros. Paula pide lo mismo. Nos sentamos a comer en silencio en dos sillones morados. No dejamos ni las migas. Al terminar el desayuno, nos miramos a los ojos.

Todos adoran a los argentinos

Ella dijo: «No puedo cargar con vos. Porque te hundirás igual. Y me arrastrarás».

Dijo: «Estás lleno de veneno. Pero sólo mordés tu propia cola».

Y cosas mucho peores.

No voy a negar lo que hice. Pero fue en defensa propia.

Ella me atacó con palabras. Yo solo le quité sus armas.

***

Al principio, Madrid era una fiesta. Nuestra fiesta.

Pasábamos los viernes por la noche en el bar La Vía Láctea. Los sábados, colaborábamos en los rodajes de amigos. El amanecer nos sorprendía bebiendo junto a los actores, o con DJ de alguna fiesta, o con travestis de Malasaña. Una vez, hicimos de figurantes para un comercial del parque de atracciones. Nos subimos tres veces a la montaña rusa.

—¿No deberíamos cobrar por esto?

—¡Tenemos el parque de atracciones para nosotros solos! Yo incluso pagaría.

Celia se aferraba a la ciudad como a un salvavidas. La crisis argentina había dejado a su familia en la bancarrota, pero en Madrid, nadie sabía todavía qué significaba esa palabra. Sonaba a esos términos horribles que nos esperaban en la adultez, como «hipoteca» o «productividad». Madrid, en cambio, se inyectaba hormonas para mantener la adolescencia. Y nosotros mismos, al pagar la matrícula de la escuela de cine, comprábamos una prolongación de la nuestra. Sobornábamos al tiempo.

—¿Qué vamos a hacer después de este año?

—Nada. No existe nada después de este año. Sólo existe hoy.

El presente dura un instante. Vivíamos con prisa. Celia y yo nos besamos por primera vez en enero, en un metro, de camino a un concierto de Ojos de Brujo. Y ella se vino en febrero a mi estudio de Lavapiés. Nuestras vidas eran fáciles de llevar, porque cabían en una mochila.

***

Nada más mudarse conmigo, Celia comenzó a escribir el guion de su primer largometraje: *Raros*. Hoy, ya todos han visto la película. Entonces, sólo me dijo que era una historia de amor entre extranjeros, y que yo la ayudaría con ella.

Aún puedo ver a Celia sentada en cuclillas sobre la cama, frente a su ordenador portátil: descalza a pesar del frío, escribía con dos dedos, cuyas uñas se mordía sin piedad. Mientras yo leía o escuchaba música, me ametrallaba a preguntas: «¿Hay alguna fiesta popular con fuegos artificiales en Madrid?, ¿podrían asaltarte con un cuchillo en Lavapiés?». O la duda que parecía venir con segundas: «¿Si tu pareja tuviese que irse del país, te irías con ella?». Por la noche, después de hacer el amor, agradecía mis respuestas, y proponía, por pura inseguridad, que yo firmase el guion con ella.

—Al fin y al cabo —explicaba—, va un poco sobre vos.

Celia también colaboraba conmigo. Me asistía en la dirección de mi obra teatral, que penaba de sala en sala sin encontrar éxito en ninguna parte. Se llamaba *A las tres en punto*. Actuaban en ella varios otros extranjeros, no por necesidad del texto, sino porque estaban dispuestos a trabajar gratis. Completaban el reparto dos españolas jubiladas que hacían comerciales de televisión para divertirse.

Yo llamaba a eso «teatro independiente», pero era simplemente teatro pobre. Y en la intimidad, me preguntaba si no era también pésimo.

—A veces, ni tengo claro de qué se trata la historia —me lamenté ante Celia, frente a unas cervezas en La Latina, después de una función cancelada por falta de público—. He puesto muchas cosas que me gustan en un plato, pero no he sabido cocinarlas.

—Lo importante es crear —me animaba ella, aunque no negaba que mi obra fuera pésima—. Disfrutá de escribir, de dirigir. Es un privilegio hacerlo.

Celia podía permitirse ese hedonismo. Tenía un pasaporte europeo, mientras yo madrugaba varias veces al año para suplicar una tarjeta de residencia en una comisaría. Ella no tenía prisa.

Mis sueños tenían fecha de caducidad. Por último, ella era argentina: la clase VIP de la migración. En la televisión española, los actores peruanos hacían de pobres, y los colombianos de narcos, pero los argentinos hacían de profesores o arquitectos. Nadie les preguntaba por qué hablaban raro. Hasta en el reality show del Gran Hermano salía un argentino, y para colmo, se acostaba con todas las españolas.

Sí: el país de Celia estaba en crisis. Pero el mío era en sí una crisis perpetua, tan inevitable que ni siquiera salía en el diario.

***

Celia tenía una energía inagotable. Hacía pequeños papeles en trabajos de compañeros de la escuela. Entregaba cientos de currículums en productoras de cine y publicidad. Escribió el guion de un corto en un solo fin de semana. Y luego convenció al dueño del bar La Vía Láctea para grabarlo ahí, una mañana, entre sus paredes forradas de afiches musicales.

El corto trataba de un cantante frustrado que secuestraba el bar y obligaba a los clientes a hacer una coreografía delirante antes de suicidarse. Era muy divertido, lleno de referencias a la historia del rock. Y sólo tenía que hablar un actor, en una localización cerrada y sin ventanas, así que resultaba muy fácil de rodar.

Hoy parece mentira que haya existido un tiempo sin YouTube. Pero hace casi veinte años, los directores tenían que buscar un lugar físico para mostrar sus trabajos. Celia estrenó en el mismo bar. Y ahí nos quedamos hasta la madrugada, bailando, riendo, bebiendo, celebrando el privilegio de hacer cosas hermosas, y retrasando una noche más la madurez.

Después del estreno, gracias a un entusiasta boca a boca, comenzamos a asistir a mejores fiestas. En alguna de ellas, nos cruzamos con Montxo Armendáriz. En otra, con Alejandro Amenábar. Yo creía que simplemente nos estábamos integrando en el mundo del cine. En realidad, la gente mostraba interés en Celia, no en mí. Hablaban mucho de su corto. Algunos productores ya pedían leer el guion de su largometraje, aunque ella aún quería corregir algunos detalles.

Pero eso era normal. Ella era argentina, ¿no? Todos adoran a los argentinos.

Esa primavera, invitaron a mi obra a un festival en la Casa de América. El día de la función resultó un caos. Hospitalizaron a una de nuestras actrices jubiladas. Parte del vestuario se rompió. Y Celia no contestaba las llamadas.

Cinco minutos antes de abrir el telón, recibí un mensaje en mi Nokia, el primer teléfono móvil que tuve. Era ella:

—¡Amor, no vas a creerlo! Estoy en una fiesta y ha venido Javier Bardem. Voy a quedarme por aquí, ¿O. K.? Besitos. ¡Y mucha mierda!

***

En esa época, había una oficina de registro de la propiedad intelectual en Chamberí, cerca de la glorieta de Alonso Martínez. Hacíamos cola ahí los autores de poemarios con títulos como *El grito del alma*, novelas llamadas *Sangre, sudor y lágrimas*, y obras de teatro como *Las tres en punto*. Dejábamos copias en custodia, con un sello legal, y nos sentíamos seguros.

Creíamos que, si no, alguien robaría nuestras grandes ideas y se haría rico con ellas.

Quizá, en secreto, soñábamos con eso.

Volvía de esa oficina una mañana, ya a comienzos del verano, cuando al entrar en casa oí a Celia reír en el teléfono. No dijo nada inapropiado o sexual. Pero yo no la había oído reír así en mucho tiempo. Sonaba como un chorro de agua limpia. Como campanas de cristal. Ella debió de notar mi impresión, porque colgó al verme.

—¿Con quién hablabas? —pregunté.

—Con Pablo.

Era un actor. Pero daba igual. Podría haber sido cualquier otro.

—Lo vi en un corto de la escuela. Es pésimo.

—Ya lo sé. Todos los artistas son una mierda menos vos, ¿verdad?

—No me dirás que te parece bueno...

—¿Y vos? ¿Dónde está tu obra cumbre? ¿A quién le empataste?

Así empezó. Ya habíamos tenido discusiones preliminares de ese tipo. Ésta sólo fue la gran final. Brotaron mis lamentos: su abandono de mi teatro. Su mirada de aburrimiento cuando yo hablaba de mis proyectos. Y ella tenía sus propias quejas, claro: mi amargura general, mi odio contra el mundo. Entonces dijo lo del veneno. Y lo del hundimiento. Era buena escogiendo las palabras que más doliesen.

Cuando se marchó —dando un portazo, como en un melodrama barato—, hice lo que los productores deseaban hacer: abrí su ordenador. Y leí el guion de su largometraje.

La película *Raros* no contaba nuestra relación exactamente. O sí, pero reorganizada. Había cosas que yo había dicho, aunque con otro sentido. Y situaciones que habíamos vivido juntos, como la del parque de atracciones. Incluso salía un amante que se parecía al tal Pablo.

Celia había robado mi vida, y la había convertido en algo que valía la pena ver. No me dolió quedar mal parado. Al contrario: me dolió que mi personaje fuese mejor que yo. Y especialmente, me lastimó admitir que ese guion era maravilloso. Lo es. Todo el mundo lo dice. Ha ganado premios y todo, incluso en festivales clase A.

Así que, después de leerlo, lo envié a mi propio mail. Y lo borré de la bandeja de salida.

Al salir de casa, yo también pegué un portazo. Tenía que llegar rápido al locutorio del barrio, donde imprimíamos los trabajos de la escuela. Si me daba prisa, aún podría encontrar abierto el registro de la propiedad intelectual. Pero ahí sólo aceptaban copias impresas.

Es increíble cómo ha cambiado la tecnología.

A la cama con Tony

Tony y yo trabajábamos juntos en una revista para inmigrantes latinos. Él era fotógrafo y yo redactor. A veces salíamos juntos con nuestras esposas. Generalmente íbamos a bailar salsa. A mi esposa le encantaba la salsa y Tony bailaba muy bien, así que generalmente ellos bailaban toda la noche, mientras las parejas nos emborrachábamos y los imitábamos entre burlas. Luego bailábamos nosotros —pésimamente— y al final cada quien recuperaba a su pareja. Era divertido. De hecho, por esa época, mi matrimonio aún era un lugar feliz.

Tony fue el primero en separarse. Su mujer, Sara, también era peruana, y había estudiado ingeniería, pero en Madrid servía copas en un bar, aunque no estaba nada contenta con eso, y empezaba a desesperar de encontrar un trabajo en lo suyo. Su madre no ayudaba mucho tampoco. No paraba de repetirles que estarían mucho mejor en Lima, que tendrían trabajos estables y lo que ella llamaba una «posición más desahogada».

Además, según Tony, su suegra intrigaba contra él. Iba a Madrid todos los años y se llevaba a su hija por Italia y Francia, en tours de hoteles bonitos y bufés caros. Tony no estaba invitado a esos viajes, o quizá él no quería ir. Pensaba que sólo eran excusas para lavarle el cerebro a Sara.

Pero lo cierto es que la suegra no necesitaba de esos viajes para presionar a su hija. Mientras estaba en Lima, no dejaba de llamarla y de contarle lo lindo que estaba todo allá. Tenía un sorprendente olfato para hacer sus llamadas en los momentos de crisis de la pareja. O quizá esa pareja siempre estaba en crisis. No podría asegurarlo. Yo sólo los veía bailar.

Una noche, al volver a casa, Tony encontró a su mujer llorando en la cama. Ella dijo que estaba harta, y le dio un ultimátum para regresar a Lima. Él anunció que lo pensaría, y luego no añadió más. Durante los siguientes días, al acostarse, sintió que alguien había construido un muro del tamaño del océano Atlántico en el centro de la cama. Pero siguió sin decir nada. Una semana después, cuando llegó a su casa, ella no estaba. Tampoco su ropa ni sus cosméticos. Sólo una nota escrita a lápiz pegada en la puerta de la nevera, como si fuese la lista de la compra. Tony nunca me ha contado qué decía la nota.

No entiendo por qué se negaba Tony a regresar a Lima. Su familia tenía dinero y contactos. Él mismo había trabajado en la empresa de un ministro de Economía de la última dictadura. Y luego, cuando se dedicó a la fotografía, el alcalde lo había contratado para cubrir su campaña electoral.

Con el tiempo, sus fotos habían llamado la atención. Trabajando para un importante semanario de oposición, se había convertido en un fotógrafo curtido en combate. Era suya la primera foto del jefe de Inteligencia Montesinos saliendo a escondidas del palacio presidencial. Tony ni siquiera sabía quién era Montesinos, pero se había quedado frente al palacio durante toda la madrugada armado con su cámara y un termo de café. También había estado en zona de guerra, entre mosquitos y cañones. Su cámara había capturado a presidentes y terroristas. Era extraño que ahora prefiriese fotografiar a las estrellas de la tecnocumbia en sus conciertos para inmigrantes.

Incluso su vida privada era frenética, antes de casarse y venir a Madrid. Compartía un dúplex frente al mar con un reportero de televisión y organizaban fiestas que duraban días. Los primeros viernes de mes se reunían a jugar póker vestidos de traje y corbata. Esos días, bebían whisky, jalaban cocaína y hablaban en inglés. Al ganador le pagaban una puta entre todos. En cada cumpleaños, Tony se acostaba con la cabaretera de moda de la temporada. Habían formado un grupo de reggae llamado The Nada. Tony recuerda esa época como la más divertida de su vida. Dice que no se aburría nunca, y pone énfasis en la palabra «nunca».

De hecho, él ni siquiera tenía que haber llegado a España. No estaba en sus planes. Pero un día, su hermano se ganó la lotería. Con todo ese dinero, le ofreció un regalo a Tony, el que él quisiese. Tony escogió un curso de fotografía en Madrid. Así llegó, aunque parezca mentira.

Su padre también se había ganado la lotería años antes. Tony está seguro de que algún día se la ganará él también. Toda la vida de Tony es así, como una comedia ambientada en la guerra de Vietnam. Pero de momento, está ambientada en Madrid, y él se niega a abandonar el escenario.

Tras su separación, Tony se mudó con una italiana que había conocido en alguna discoteca. Ella tenía un ático en Tirso de Molina, con un baño de mármol, un estudio fotográfico y un balcón con vista a los heroinómanos desdentados que dormitaban en los bancos de la plaza. Mi amigo llamaba al ático «el paraíso», y se divertía tirándoles cigarrillos a los yonquis.

La vida en ese piso era una fiesta perpetua. Según la filosofía de Tony, él siempre había sido fiel a su esposa, así que estaba en el momento de recuperar todos los polvos que había dejado guardados en un cajón. Tenía un frasco de botica lleno de pastillas. Tenía un jarrón lleno de condones. Tenía una cama que descendía de un armario, una cama de diseño, como la casa, como las drogas. Tenía una italiana que se cambiaba el color de pelo todos los días. Él le hacía fotos con cada nuevo peinado. Una mañana, casi sin darse cuenta, despertó a su lado. Sus *dreadlocks* púrpuras le hacían cosquillas en la nariz. Estaba desnuda y no era fea cuando sonreía.

Tony decidió que no podía seguir viviendo con ella. Según me explicó, «las mujeres son maravillosas si vives con ellas o si te las tiras. Pero no si haces las dos cosas a la vez».

Por esa época, yo también me separé. Mi mujer había viajado a su país por un mes. Pensamos que así nos echaríamos un poco de menos. Cuando regresó, pasamos unos días tratando de no mirarnos a los ojos. Al final, reunimos los pedazos que pudimos de nuestro amor propio y admitimos que ya no queríamos estar juntos. Ya ni siquiera podíamos imaginar cómo era vivir de otra manera. Ella se quedó con la mitad de los muebles, todos los amigos, varios pedazos de mi amor propio y el gato. Pero yo tenía a Tony, y él me ofreció mudarnos juntos.

Tony consigue cosas. Si tienes un problema, él lo arregla. Puede tomar fotos imposibles, reparar circuitos eléctricos e instalar conexiones telefónicas piratas. Yo temía que me tomaría meses encontrar un nuevo piso, especialmente por ser extranjero. A los propietarios no les gustan los extranjeros. Les gustan los europeos, que no son extranjeros aunque hablen otro idioma. Pero para Tony, eso no es un obstáculo. Puede conseguir cualquier documento, cualquier certificado de prosperidad. Cuando se trata de papeles, puede ser el rey Fahd si se lo propone. Su tarjeta de residencia estaba vencida desde el 2003, pero en la fotocopia aparecía vigente hasta el 2008. Su mejor recibo por honorarios ascendía a setenta euros, pero la magia de la Xerox certificaba un ingreso de siete mil. Conseguimos el piso al primer intento.

Las primeras noches durmiendo sin compañía duran años. Las esquinas de la cama se separan entre sí hasta convertirse en un gigantesco desierto, que uno puede recorrer durante toda la vida sin cruzarse con nadie. Aparte de eso, teníamos una lavadora y una nevera.

Yo conseguí una novia marroquí que vendía sándwiches. Ella tenía una hija en Marrakech a cargo del imbécil de su padre, pero algún día la traería. A veces lloraba por las noches. No hacía el amor en Ramadán. Era guapa, y muy buena chica, pero el parto le había dejado los pechos caídos y no hablábamos el mismo idioma. Ni siquiera duramos un mes hasta que trató de estrellarme un plato en la cabeza. No volvimos a vernos.

Tony, en cambio, tenía miles de novias. A menudo, al salir a desayunar, me encontraba en el salón zapatos y faldas, y jugaba a adivinar cómo era la chica de esta vez. Siempre eran nuevas, siempre distintas, porque el universo del deseo de Tony abarcaba a todo tipo de estrellas fugaces. La mayoría, eso sí, tenía un punto en común: eran peruanas con dinero, pitucas.

—Las pitucas son perfectas —decía Tony—, porque fuera de su hábitat se les quita lo estrechas, porque se van rápido, y sobre todo, porque en caso de emergencia, me caso con una y arreglo mi futuro. Son una inversión.

Gracias a ellas, Tony amuebló nuestro hogar. Se concentró en las estudiantes a punto de retornar al país, que querían deshacerse de sus muebles. Amortizaba cada polvo con una cafetera, un par de sillas, un espejo o cualquier despojo de la vida europea de sus amantes.

Aunque él no lo decía, creo que a Tony le gustaba que fueran peruanas. Le gustaba todo lo peruano. Tenía las paredes forradas con fotos de peleas de gallos, y su madre le enviaba chicha morada y ají de gallina de sobre. Se divertía en las fiestas de la colonia que cubría para la página social de la revista, y la casa estaba siempre llena de borrachos compatriotas haciendo platos de cocina típica. A veces, cuando bebía, Tony decía que sólo quería ganar suficiente dinero en España para regresar al Perú, comprar una casita frente al mar y dedicarse a pescar. Eso era todo.

Yo no estaba de humor ni para peruanos ni para fiestas. Tras la separación y tras cumplir treinta años, me sentía decrépito y fracasado. Había viajado diez mil kilómetros, habían pasado diez años, me había casado y descasado, y todavía llevaba la vida de un estudiante limeño. Como si nada hubiese servido para nada. Cuando llamaba por teléfono a mi familia, solía inventarme trabajos bonitos: estoy escribiendo para una revista española, mamá, estoy traduciendo a autores importantes. Mientras estaba en el baño, rumiaba para mí las entrevistas que concedería a la prensa internacional cuando ganase un importante premio literario.

Luego me iba a mi trabajo de peruano.

Ya he dicho que Tony resuelve problemas. Pues Tony pensaba que yo necesitaba sexo. Y estaba dispuesto a ayudarme.

Primero me presentó a Mia, una alemana con una beca Erasmus que se había mudado al

2-B. Mia era rubia y tenía dos ojos verdes y un novio en Múnich. Al principio, Tony la quería para sí, pero cuando descubrió que se sentía culpable por el novio, me la dejó a mí. Dijo que yo era el sensible. Además, él sólo se podía comunicar con ella por gestos.

Mia subía a casa a veces a conversar de nada en particular. A mí me molestaba, porque yo quería escribir. Pero la hacía pasar y escuchaba sus historias. De todos modos, en realidad, no estaba escribiendo nada. Sólo me sentaba frente a la pantalla en blanco y dejaba pasar las horas.

Pronto, Mia me empezó a gustar. Ella me contaba en pésimo inglés sobre sus estudios y su compañero de piso. Compartía el apartamento con un colombiano llamado Carlos, que tenía una plantación de marihuana en su casa y era un perfecto golfo. Vivía de las rentas de unos estacionamientos de camiones en Medellín y se dedicaba profesionalmente a rascarse la panza. Todos pensábamos que su familia era de narcos.

Una noche tuvimos una pequeña fiesta en casa. Carlos subió costales de hierba y Mia subió a una amiga. Por entonces, aunque yo no salía mucho ni iba a fiestas, sí bebía demasiado. Y fumaba también. Solía aturdirme todo lo posible rápidamente para luego no tener que ir a ninguna parte. Creo que la pequeña fiesta estuvo bien, pero yo me dormí antes de que saliesen. Para cuando desperté, Mia era la novia de Carlos.

Aunque divertido, Carlos resultó un ser humano repulsivo. A veces subía a casa con su Mia y, con ella al lado, me contaba en español que la noche anterior se había tirado a otra chica, una cubana muy buena, en su propio cuarto. Mia no entendía nada y sonreía. A menudo, Carlos le decía que iba a comprar cigarrillos y no volvía hasta el día siguiente. Una vez llegó tan borracho que se cagó en la cama. Además, el cuarto de Mia había sido invadido por las plantas de marihuana, aunque ella pagaba el doble de alquiler que él. A Mia le parecía que los alquileres en España eran muy caros. Carlos le echaba la culpa al euro.

Cuando la madre de Mia fue a visitarlos, ella sugirió que habría que ocultar las plantas de marihuana. Carlos le pidió a Tony varios rollos de fotos y los esparció por el suelo de su casa, cerca del cuarto de la plantación. Luego pegó en la puerta un cartel en inglés que decía: CUARTO OSCURO. NO ENTRE. SE PUEDEN VELAR LAS FOTOS.

No hice más intentos por aproximarme a Mia. Pero Tony no se dio por vencido. Él quería ayudarme de verdad. El siguiente paso de su misión humanitaria fue llevarme a una de sus fiestas.

Las fiestas de Tony siguen un patrón más o menos constante: el dueño de la casa es un peruano bien situado en el mundo de la publicidad. Todo está alfombrado y hay música electrónica. Te puedes servir lo que quieras en la cocina. Hay whisky y, si sabes a quién arrimarte, coca. No hay españoles, pero hay extranjeros —y extranjeras— de todas partes: ingleses, peruanos, argentinos. Aún hoy me pregunto si hay españoles en este país.

Esa noche, como a las ocho de la mañana, Tony consiguió manosear a una italiana en el ascensor, y yo me llevé a casa el teléfono de una etíope monumental que parecía la reina de Saba. Era la mujer más hermosa que me había hablado voluntariamente en los últimos meses.

Al día siguiente, invité a la mulata al concierto de un amigo mío que tocaba funk. Ella llevaría a una amiga y yo llevaría a Tony. Bailaríamos. Sería una buena noche. Quizá Tony tenía razón y yo sólo necesitaba sexo.

Pero la noche dio malas señales desde el inicio. Para empezar, descubrí que ni Tony hablaba inglés ni las chicas hablaban español. Pensé que no importaría en un concierto, la música es el lenguaje universal y eso. Teníamos un concierto de funk. Nuestros cuerpos hablarían.

Pero luego ocurrió que el único grupo de funk era el de mi amigo. Los demás hacían bestia-metal con letras como «sangre, sexo, semen» y un montón de ruido. Era francamente espantoso. Las chicas se fueron a los quince minutos, dejándonos a Tony y a mí como dos estacas en la pista de baile, entre el público que se golpeaba y empujaba. Todos parecían divertirse mucho.

Pensé que hasta ahí era un desastre. Pero es sorprendente la capacidad que tienen las cosas para empeorar, siempre más allá de lo imaginable. Una pareja me tapaba la vista del escenario. Al hacerme a un lado, descubrí que era mi exesposa morreándose con el imbécil de Fito Durán, uno de esos tipos de los que ella y yo nos habíamos burlado durante años. Nunca entenderé por qué siempre se van con un imbécil, por qué nunca con un tipo mejor que uno, con lo fácil que es.

Lo único que atiné a pensar fue: al menos nadie ha visto nuestro papelón con las etíopes. Esto quedará en secreto. Como si me hubiese leído el pensamiento, mi amigo el músico bajó del escenario y me preguntó: los vi desde el escenario, ¿dónde están esas mulatas tan buenas que trajeron?

Risas enlatadas y créditos finales.

Fin de temporada de la serie cómica de mi vida.

Hasta la próxima, a esta misma hora y por este mismo canal.

A todo esto, Tony se había enamorado de una inglesa llamada Fiona que compartía piso con un amigo suyo.

Fiona tenía diecinueve años, y tras su primera noche juntos, Tony decía que nunca volvería a dormir con ninguna anciana de más de veinte. Según él, ella lo tenía todo en su sitio y todo durito. A veces, de madrugada, se sobaba las manos y las pasaba por los muslos de ella para que la electricidad estática levantase sus pelitos. Él tenía treinta años, pero le hizo creer a la inglesa que acababa de cumplir veintiséis. Para Tony, todo eso sólo podía significar amor.

Yo mismo encontré evidencias de amor verdadero en esa relación: por entonces, volvió una antigua novia de Tony, una chica que siempre dormía unas noches en su cuarto cuando pasaba por Madrid. Tony le dijo que no podía quedarse en casa, que estaba enamorado de una chica y esta vez era en serio. Durmió con ella, pero en otra cama.

A veces, Tony llamaba a su inglesa, pero ella había quedado en salir con sus amigas. Tony podía sumarse, pero prefería dejarla ir y esperar en casa a que ella llegase borrachita. Esas noches se talqueaba y se ponía aceite Johnson's para niños, se acostaba temprano y se levantaba a las tres de la mañana con el timbre. Luego ya no volvía a dormir. Por la mañana, me decía que iba a casarse con Fiona. Que ella le decía: «Mi inca de los Andes».

Tony estaba radiante con esa relación: llevaba una foto de ella en la billetera y se había metido a un gimnasio. A veces, para no perder la costumbre, besaba a alguna chica en una fiesta, pero procuraba no acostarse con ella a menos que fuese estrictamente necesario. Su vida estaba decidida. Hasta que un día, el compañero de Fiona lo encontró en un bar y se quejó amargamente con él:

—Anoche no me han dejado dormir. Tú y Fiona pueden follar lo que quieran, pero no hace falta gritar ni golpear la cama durante toda la noche.

Tony le respondió:

—Anoche yo no dormí en tu casa.

Creo que eso fue desgarrador, aunque Tony nunca lo admitiría. Ella lo llamó, le pidió perdón, le dijo: «Mi inca de los Andes». Tony se limitó a decirle:

—Me voy a Ibiza. Pensaba invitarte, pero ahora iré solo. Quizá te llame cuando regrese.

Ese fin de semana lo pasó encerrado en casa. Imagino que sufrió mucho.

Ser sudaca es como ser negro o maricón. Entre nosotros podemos llamarnos así y hacer bromas al respecto. Pero si viene otro y nos los dice, le partimos la cara.

Aún tuve otro fracaso con una mujer tiempo después, pero no sé si deba contarlo. En fin, lo contaré de todos modos. Ésta era una chica ecuatoriana. La conocí en una de las fiestas del trabajo, en el restaurante Tradición Andina, cuyo aniversario debíamos cubrir para la página de sociales. Yo no entendía por qué tenía que ir a esas cosas. El editor decía que yo tenía más educación que Tony, y que alguien debía controlarlo cuando bebía. Tony decía que aunque fuésemos pobres, éramos blancos, y eso le daba cierto prestigio a la revista. En cualquier caso, yo tenía que interpretar que mi presencia le daba buena imagen a algo o alguien.

La chica que conocí se llamaba Yusmira. Yusmira y yo bailamos un rato y luego nos besamos. Fue así de rápido. Me contó que estaba en España por una semana, visitando a unos parientes. Eran los dueños de otro restaurante. Yo los recordaba bien porque Tony los odiaba. Siempre lo hacían ir a tomarles fotos a su local de las afueras de Madrid y lo dejaban esperando horas sentado. Ni agua le ofrecían. Tony a veces hablaba de ellos y decía: ¿tú crees que esta gente se va a integrar? Son unos monos. Pero a Yusmira le parecían buena gente, porque eran sus parientes.

Yusmira tenía un carro. Me llevó a otro bar, donde coqueteó con el camarero. Se conocían de antes. Luego estuvo un rato rascándome una oreja y diciendo que se quedaría en Madrid conmigo. Repitió eso durante horas. Luego apareció una pareja de amigos suyos y les dijo que se quedaría en Madrid conmigo.

Le pedí que fuéramos a otro sitio. Fuimos a un parque y trató de hacerme una mamada ahí, frente a una pareja de ancianos que paseaba a su perrito. Logré quitármela de encima casi a empujones.

Al final, nos metimos en el coche de su pareja de amigos y fuimos a un apartamento. No sé de quién era. Sólo había un dormitorio. Los tres se dirigían risitas. Yo me reí también, pero luego me dejé de reír. Ellos sacaron una botella de algo, y nada me hizo pensar que Yusmira y yo dormiríamos en una cama para dos. Antes de beber demasiado, decidí irme. Mientras cerraba la puerta escuché a Yusmira diciéndome: «Sudaca de mierda».

Por lo demás, la vida transcurría mansamente, sin cambios que lamentar. El verano había vuelto y las ventanas del edificio estaban todas abiertas. Pasábamos las mañanas paseando en ropa interior por la casa y contemplando a las chicas del 3-A, que hacían lo mismo. Desde mi cuarto se oían los ruidos de los pisos inferiores: los cuatro niños filipinos del primero, el cantante de ópera del segundo, los gemidos de la malagueña del tercero con su fogoso novio nuevo. A veces, todos coincidían, como una sinfonía de agosto. Desde mi cuarto sólo se veía una pared sucia, en cuyas grietas se apareaban las palomas. Creo que todo eso me hacía feliz.

Tras la decepción de la inglesa, Tony cambió. O quizá debo decir que se radicalizó. Su apetito se volvió más voraz que nunca, y por eso mismo, menos selectivo. Traía a casa a cualquier cosa que encontraba por la calle. Una era tan gorda que él la llamaba cariñosamente «mi portaaviones». Yo nunca la vi, pero por las mañanas, frente a la puerta de su dormitorio, la ropa tirada parecía un juego de sábanas. Otras mañanas había ropa pequeña, sostenes con lacito, como de menor de edad. Esos días yo no preguntaba nada.

A veces, mientras yo desayunaba, Tony salía desnudo al salón.

—Oye, ¿tienes condones? —preguntaba.

—No.

—Mierda.

Él rebuscaba entre las cajas de discos y las botellas vacías. Yo comía cereales Kellogg's con leche.

—... ¿Y qué tal tu chica? ¿Está buena? —preguntaba por hacer conversación.

—Bueno, para lo que había, podría haber sido peor.

Y se volvía a meter en su cuarto.

Por esa época ocurrió lo de la actriz. Una noche, en un bar de Malasaña, Tony conoció a una actriz de cine que era famosa por hacer papeles de fea y de transexual. Decidió llevársela a la cama. Ni siquiera hablaron, porque los dos estaban demasiado borrachos y porque la casa estaba cerca del bar. Ya arriba hablaron más: ella lo llamó «mi potro peruano», y le pidió que la sodomizase. Era la palabra más larga que le había dirigido. Él no tenía vaselina, pero corrió al baño a ver qué encontraba. Al final, usó protector solar. Dispuso a la chica de modo que no viese el frasco e hizo sus preparativos. Pero ella dijo que le picaba. Tony insistió un poco. Dijo que era una vaselina tailandesa con efecto picante. Pero no la convenció. Ella se quitó de ahí abajo y abandonó la casa a medio polvo.

Yo, por supuesto, no vi nada de eso. Pero sospeché que ocurría algo extraño a la mañana siguiente, cuando me fui a lavar los dientes y encontré un tubo de protector solar en el lugar del dentífrico. Al principio, Tony no quería confesar nada de lo ocurrido. Pero nunca ha sido muy discreto y al final no pudo más. Para contarme su aventura, Tony me llevó hasta la Gran Vía. Ahí había una foto gigante de ella, en la marquesina de un cine. A Tony le divertía contar lo del protector solar ahí, frente a la marquesina, como una de sus noches más divertidas y extrañas.

Mi suerte cambió por esa época. Conocí a una chica durante un viaje a Barcelona. Estaba esperándome en un bus de la Barceloneta. Llevaba ya varios meses esperándome ahí. Hasta era española, pero no parecía que fuese a pedirme mis documentos ni nada. Me besó la primera noche, pero no me dejó subir a su casa. Cuando regresé a Madrid y Tony me preguntó por el viaje, le dije:

—La verdad, creo que me he enamorado. ¿Y tú?

—De puta madre. Ayer fui a una discoteca. Una murciana me la chupó en el baño y ni siquiera le tuve que dar mi teléfono.

Conforme mi relación de pareja se iba estabilizando, yo me volvía más feliz pero también más aburrido. Salía menos y gastaba más en teléfono. No invitaba a casa a casi nadie. Tony se burlaba de mí, decía que yo parecía una viejita, pero entendía. A veces, cuando yo volvía a casa durante una de sus fiestas, sacaba solícitamente a los borrachos de mi cama para que yo pudiese dormir. Después de unos meses decidí mudarme definitivamente a Barcelona.

Tony no quería que me fuese. Pensé que estaría encantado con mi partida, porque podría meter en casa a alguna estudiante, pero trató de disuadirme. Incluso me ofreció un soborno. Dijo que conseguiría una conexión pirata a internet y que conectaríamos a las malagueñas del piso de abajo y nos las tiraríamos. Dijo que pondría una mesa nueva. Y un sillón.

Una noche fuimos a despedirnos él y yo. Él sacó su cámara. Dimos vueltas por Malasaña y nos emborrachamos con el dueño de un bar. Bailamos un rato con unas chicas que querían que Tony les hiciese fotos. Otras chicas nos saludaron mientras volvíamos a casa, y Tony les tomó fotos a sus zapatos. Al llegar a casa, encontramos a un transexual aporreando el portal de al lado. Subimos con él y nos fumamos unos porros. Luego él se fue a seguir aporreando su portal. Tony me dijo:

—¿Ya ves, chaval? Una noche como ésta sólo existe en Madrid.

El día anterior a mi mudanza, me di un porrazo contra un andamio y Tony me acompañó al hospital. Le coqueteó a la enfermera, ayudó a una viejita a encontrar el baño y me contó chistes. Luego me contó que no le habían pagado.

—Peruanos de mierda —dijo—. Nunca pagan puntuales.

Y después de un largo rato en silencio, sin yo saber por qué, añadió.

—A veces odio esta ciudad. A veces me gustaría que se detuviera un rato. Es como un caballo desbocado. Y por momentos quisiera poderme bajar.

Después siguió contando chistes.

Me fui de Madrid un mediodía de fines de julio. Tony no me despidió porque su fiesta del día anterior aún no terminaba, pero me llamó a las siete de la mañana para explicarme que no llegaría.

De todos modos, aparece de vez en cuando por Barcelona. Ahora ya tiene papeles, porque se acogió a una regularización con un contrato de cuidador de perros. Y a veces la revista lo manda a tomar las fotos de la colonia peruana en Cataluña para la página social. Viene gratis, tumbado en la furgoneta que trae los periódicos de Madrid, porque la conduce un ecuatoriano amigo suyo. No duerme durante toda la visita. A veces se queda en casa de Carlos, el colombiano repulsivo, que ahora vive aquí en una casa antigua del Born con biblioteca y todo. Otras veces se integra con un grupo de peruanos que ha tomado por asalto el barrio de Gracia. Pero esté donde esté, aún repite que está harto de los peruanos, que son unos monos y que nunca se van a integrar.

Hombre al agua

—Son simpáticos, ¿verdad? —comentó Magda.

Gerardo respondió con un gruñido. Ninguna de las otras parejas le había parecido especialmente agradable. En realidad, ni siquiera se había fijado en ellas. De momento, tenía preocupaciones más importantes: la primera, pasarse el hilo dental hasta el fondo de cada encía. La segunda, rabiar mentalmente por la falta de enjuague bucal mentolado. Su frasco nuevo se había quedado en la maleta perdida, que en ese momento debía estar sobrevolando algún lugar de Asia Central.

En su país, Gerardo habría montado un gran escándalo por la pérdida del equipaje. Habría bufado y gritado. Habría preguntado: «¿Usted sabe quién soy yo?». Pero en Estambul, tras el cruce del Atlántico, el cambio de avión y los innumerables esfuerzos por entenderse con los empleados turcos, había tenido que resignarse a la imposibilidad de una higiene bucal completa. Derrotado, más bien aturdido, ni siquiera había atinado a protestar durante la hora y media de retraso del vuelo a la costa. Finalmente, a su llegada al velero, no había tenido cabeza para los demás pasajeros. Sólo ahora que Magda los mencionaba, empezó a preguntarse con qué clase de gente tendría que convivir la semana siguiente.

—Lo bueno es que todos hablan español —continuó Magda.

Él escupió y verificó meticulosamente frente al espejo que los espacios interdentales no tuvieran incrustados restos de comida. Respondió:

—Eso no es bueno. Ahora vamos a tener que hablarles.

—¿Es necesario que estés de tan mal humor?

Magda tenía razón. Al fin y al cabo, el viaje había sido una concesión a los gustos de él. Magda habría estado contenta yendo a Cancún o Punta Cana, pero él se negaba a pasarse todo el viaje de novios al sol, friéndose como un filete en una sartén. Quería un viaje cultural. Quería visitar París o Roma. Cualquier destino con menos de cinco siglos de antigüedad le parecía frívolo.

Sólo después de mucho discutir, la madre de Magda había propuesto una solución salomónica: islas del Dodecaneso. Una semana en una goleta para ocho personas. Playas soleadas y ruinas griegas, todo en uno. Era un itinerario mucho más caro que los demás, pero los suegros de Gerardo cubrirían la diferencia. Magda era hija única, y sus padres estaban eufóricos con la boda. Sólo en la ceremonia habían gastado el triple de lo necesario, y trataban al novio como si les fuera a quitar de encima un enorme peso.

Regresó a la cama tratando de sobreponerse al balanceo marino. En la foto de la página web, el camarote parecía una espaciosa habitación con vista al mar. Pero en realidad, uno apenas cabía de pie en el minúsculo espacio que dejaba la cama, y por los ojos de buey sólo se veía la baranda. Como si fuera poco, Magda había tomado rápida posesión del lado exterior del colchón, confinando a Gerardo a una especie de ataúd lateral que se hundía bajo la cubierta. Al ver el techo a sólo veinte centímetros de su cabeza, sintió un mareo.

—¿No se mueve demasiado esto? —preguntó.

—Cariño, aún no hemos empezado a navegar —contestó Magda melodiosamente.

—Ya.

—¿Quieres una biodramina?

—No.

—¿Quieres un beso?

Él no respondió. Ella lo besó de todos modos, porque tenía un optimismo a prueba de balas y estaba determinada a ser feliz a cualquier precio. Por un instante, Gerardo deseó enfadar a Magda, enfurecerla, sólo para sentir que no era el único. Luego supuso que estaba exagerando, y que el mundo se vería mejor después de dormir.

A veces, Gerardo sentía que se había casado por descuido.

A lo largo de su vida, había esquivado con destreza todas las posibilidades de estabilizarse, y había invertido la totalidad de sus ingresos como arquitecto en lo que más le preocupaba: su propio confort.

Merced a su gran talento para la fuga y al crecimiento inmobiliario, había llegado a los treinta y cinco años con una existencia autosuficiente y libre de preocupaciones económicas. Incluso se permitía lujos como un Volvo y una colección de vinilos de jazz. Pero cada mañana, durante su reflexión diaria mientras se lavaba los dientes, pensaba en su vida, y sentía que un vacío se abría en torno a él, como el foso alrededor de un castillo.

Su presupuesto de copas y cenas ocupaba la mitad de su sueldo y su agenda electrónica guardaba los teléfonos de doscientas veintiséis personas. Pero se preguntaba quién lo visitaría si fuese internado en un hospital, y no se le ocurría nadie fuera de su madre, la cual ni siquiera le inspiraba una gran seguridad. Sus únicos amigos eran gays, porque sólo ellos llegaban a su edad sin hijos ni familia. Sus amistades femeninas eran demasiado pasajeras para llamarse amistades. Amanecía solo casi todos los días, y entonces la cama le parecía una gigantesca llanura desierta que tendría que atravesar sin ayuda. Y sin embargo, cuando se llevaba a la cama a alguna mujer, se esmeraba en deshacerse de ella cuanto antes. Inmediatamente después del sexo, le decía:

—¿Te llamo a un taxi?

Y con esa actitud se aseguraba de no volverla a ver.

A la mañana siguiente, la resaca del amor le resultaba más insoportable que la del alcohol.

Aguijoneado por la soledad, trató de recuperar a sus viejas amistades: gente de la universidad o del colegio, todos casados. No era fácil encontrar un lugar en la agenda de personas que se acostaban temprano y pasaban los domingos limpiando cacas de bebés. Y cuando los veía, sus conversaciones estaban plagadas de biberones y pañales.

A Gerardo, la vida familiar le parecía aburrida, cuando no patética. Sin embargo, la mayoría de sus antiguos amigos lo trataban a él con cierta condescendencia. Cuando les hablaba de sus retos o sus dificultades, le devolvían una sonrisa piadosa. Sus problemas les parecían infantiles o frívolos. No lo decían, pero él sabía que su vida, la vida que él apreciaba por su libertad y glamur, era para ellos una etapa juvenil superada.

Si los casados lo invitaban a cenar, la razón era invariablemente una encerrona. Querían emparejarlo con alguna prima o compañera de trabajo. Sus anfitriones solían actuar en esos casos con una alcahuetería mal disimulada y, en opinión de Gerardo, maleducada. Repetían frases como:

—¿Ah, te gusta la literatura? A Brenda le encanta leer, ¿verdad, Brenda?

O, la peor de todas:

—Ustedes tienen tanto en común que es un milagro que no se hayan conocido antes.

Después de la cena, obligaban a Gerardo a llevar a la chica en cuestión a su casa, y al despedirse, le daban unas palmaditas en la espalda como las que te dan cuando tienes gripe. En efecto, para sus amigos, su soltería era una enfermedad, una especie de acné tardío que se encargarían de curar. A veces se acostaba con alguna de esas primas o compañeras de trabajo, pero lo hacía sólo por obligación social.

Conoció a Magda en una de esas cenas. Magda era prima, y tenía una imagen de la realidad teñida de rosa. De vez en cuando se ponía muy seria y decía cosas como:

—El hambre en África me deprime tanto...

O, la peor de todas:

—Si las mujeres gobernasen, no habría guerras en el mundo.

El resto de su conversación giraba en torno a ropa, accesorios, el instituto preescolar donde trabajaba y más ropa.

Gerardo empezó a salir con ella desde esa misma noche. Al principio se vieron una vez por semana, y durante sus primeras cuatro citas, ella rechazó cualquier posibilidad de dormir juntos. Gerardo lo toleró por variar, y porque de alguna manera eso añadía misterio a su relación.

Al fin, un sábado después del cine, Gerardo franqueó el umbral de su entrepierna. Al terminar, ella se acurrucó a su lado y lo abrazó en silencio. Él iba a extender el brazo hacia el teléfono, pero se sintió amable. Inclusive estaba de acuerdo con el plan —que ella daba por sentado— de dormir juntos. A la mañana siguiente, le sorprendió descubrir que aún quería verla.

Progresivamente, Magda se convirtió en un pasaporte al extraño mundo de los casados. Todos sus amigos la encontraban encantadora, y comenzaron a escucharlo a él con un interés que parecía genuino.

Los solteros, en cambio, aburrían a Gerardo con sus interminables cacerías nocturnas y sus charlas insustanciales. Gerardo emprendió algunas expediciones de regreso a su vida disipada, pero le resultaron tediosas y banales. Una noche se acostó con una chica (¿cómo se llamaba?), y al despertar sintió la necesidad imperiosa de llamar a Magda sólo para pasarse el día viendo televisión con ella.

Lo único que se le complicaba era acostumbrarse al candor exagerado, casi artificial de su novia. Magda llamaba a sus padres «mami» y «papi». Lloraba al ver las noticias. Usaba ropa de colores pastel. Los perros, gatos, bebés y todo mamífero de menos de seis kilos la sumían en un estado de felicidad balbuceante. Se sentía obligada a acariciarlos y emitir sonidos inarticulados como achichichichi o currucucucu. Al principio de su relación, la sola voz de Magda le recordaba a Gerardo inevitablemente la textura del aceite Johnson's para niños. Pero con el tiempo, su visión rosa de las cosas se le iba antojando a él reconfortante, un antídoto perfecto contra su propio cinismo. El pequeño mundo de Magda tenía propiedades analgésicas para la soledad.

Un día, Gerardo se descubrió a sí mismo contemplándola dormir. Comprendió que se estaba acostumbrando a su cuerpo mullido y a su forma de acurrucarse como un gato. Estar con ella le resultaba fácil. En su compañía no tenía que fingir nada. Podía ser natural, incluso ingenuo, sin sentirse avergonzado por ello. Le costó un tiempo poner orden en sus emociones. Pero finalmente supo encontrar un nombre para lo que sentía: comodidad.

Antes de darse cuenta, Gerardo tenía un anillo en el dedo, volaba hacia el Mediterráneo, y su vida despedía el inconfundible aroma del aceite Johnson's para niños.

Cuando subieron a desayunar, el resto del pasaje ya estaba sentado en la mesa de cubierta. Gerardo se había planteado fijarse mejor en ellos, pero lo primero que llamó su atención fue el frasco de café instantáneo. Le pareció indigno haber pagado todo ese dinero para desayunar como en un hospital.

—Una semana sin café de verdad —refunfuñó en dirección a Magda, pero le respondió una voz desde el otro lado de la mesa:

—Puedes tomar té. Es más sano.

Gerardo tardó unos instantes en asimilar que durante los próximos días, todo lo que dijese en los desayunos, almuerzos y cenas sería escuchado por otros seis individuos. Miró al dueño de la voz. Era delgado y atlético, tenía el vientre plano y, bajo sus lentes Hugo Boss se extendía una piel reluciente de protector solar. Gerardo encogió la barriga para estar en igualdad de condiciones. Conteniendo el aire, contestó:

—No quiero algo sano. Quiero algo que me despierte.

—La teína también estimula, y no se acumula en tus arterias ni te mancha los dientes. Tienes que darle una oportunidad.

Gerardo se fijó en su sonrisa con vista al mar, en sus dientes radiantes como electrodomésticos nuevos. Sin duda, esa boca nunca había conocido la cafeína. Recordó que ese imbécil se llamaba Jon.

—Supongo que ustedes no tienen hijos —dijo otro, que mediaba los cuarenta, mientras mojaba una salchicha en yema de huevo—. Si tuviesen, necesitarían algo más fuerte para despertar por las mañanas.

—¿Cuántos hijos tienen? —preguntó Magda, que no dejaba pasar ninguna ocasión para hablar de niños. El hombre estaba embutiéndose la salchicha entera en la boca, pero su esposa tomó la posta en la conversación:

—Tres. Los dos últimos, gemelos.

De algún lugar, como si la tuviera preparada, la mujer sacó una billetera con fotos de los niños, que Magda contempló con brillo en los ojos. Gerardo temió que se pusiese a decir achichichichi o algo así. Ella optó por una opción más elegante:

—¡Son preciosos!

—Ya. Pero insoportables —respondió la cuarentona. Gerardo creyó recordar que se llamaba Cristina—. Por eso hemos tomado este viaje. Un barco en medio del mar es el único lugar donde no podrán alcanzarnos.

—¿Y no los pone nerviosos dejar de verlos?

—Nos pone más nerviosos verlos.

La mujer se rio de su propia ocurrencia, y hasta su esposo consiguió reírse sin que se le derramara el pan de la boca. Gerardo los miró y se vio a sí mismo y a Magda en el futuro, huyendo de una tribu de niños caníbales pero llevando sus fotos en el bolsillo para poder hablar de ellos.

Por su parte, Magda también era muy clara en su intención de tener hijos cuanto antes. No perdía oportunidad de hablar sobre los ajenos. Gerardo imaginaba que era una indirecta hacia él, aunque lo atribuía al mismo mecanismo biológico que la hacía sonreír automáticamente ante la presencia de un bebé. Gerardo se había fijado en que todas las mujeres en todas las culturas se ponen radiantes ante la presencia de los niños pequeños.

—La idea de tener gemelos me pone los pelos de punta. Debe de quedarte el vientre todo espachurrado —intervino la novia de Jon, una chica que ocultaba su rostro tras unas gafas Ray-Ban estilo Audrey Hepburn. Al igual que su marido, con sólo sostener en la mano un pan con mantequilla lo convertía en un accesorio glamuroso. Se llamaba Diana, y su voz llegaba desde otro extremo de la existencia.

—No creas, una se recupera del parto —explicó Cristina, y luego rectificó—. Bueno, yo recuperé mi cuerpo. No sé si podría recuperar el tuyo.

Gerardo se fijó alternativamente en ambas mujeres. Aunque Diana tenía veintitantos años y una figura de doscientos dólares por semana, le pareció que ambas eran atractivas a su manera.

Cristina tenía una belleza más doméstica, pero su cuerpo mantenía todo en su lugar. Gerardo constató con preocupación que en las últimas semanas todas las mujeres le parecían hermosas. Miró a Magda, envuelta en un pareo y con la cara lavada. Llegó a la conclusión de que ella también era bonita. Más aún, descubrió que verla había reanimado su erección matutina, y se sintió muy aliviado por ello.

—Pues no sé —dijo la única que faltaba por hablar. El tema de hijos y embarazos había excluido de la conversación a los caballeros—. Antes, las mujeres tenían un hijo tras otro, y no se preocupaban tanto por el físico.

Gerardo le echó un vistazo mientras se servía una tostada. La mujer bordeaba los sesenta años, y estaba claro que no se preocupaba tanto por el físico. Aunque quizá a sus años simplemente era inevitable que los pechos le colgasen como condones usados.

Su marido hojeaba un libro medio de espaldas a ella, con una actitud completamente indiferente y un sombrero panamá cubriéndole la calva. Gerardo trató de imaginar a ese hombre teniendo algún tipo de impulso erótico, pero se quedó en blanco. Dedujo que la señora podía dejarse desparramar tranquilamente. No hace falta decorar una casa que nadie va a ocupar. Diana, la más joven, volvió a la carga:

—Es que antes el divorcio era ilegal. No hacía falta estar guapas. Una vez que una mujer atrapaba a su hombre, la víctima no podía zafarse.

La señora mayor respondió algo, pero al llegar a los oídos de Gerardo, el tema se convertía en un zumbido informe. Bebés, matrimonios, divorcios, ¿eso no formaba parte del mundo que había dejado en Lima? Echó un vistazo a su alrededor. Estaban en una bahía llena de yates y embarcaciones turísticas, con la orilla salpicada de tiendas de artesanías y terrazas. En los andenes, un enjambre de turistas rubios hablaba en inglés. Eso le trajo una nueva preocupación. Comprendió que habían pasado la primera noche en puerto: el equivalente de trescientos dólares tirados a la basura.

Kos

Zarparon después del desayuno. Su primer destino sería la isla de Kos, a unas horas del puerto. Magda se pasó todo el camino dorándose al sol mientras Gerardo revisaba tres guías turísticas para estudiar a fondo todos los encantos de la isla. La que le dedicaba más espacio a Kos le había adjudicado un párrafo en la página 117.

En algún punto del trayecto, el capitán bajó la bandera turca y puso a ondear una griega, y les pidió sus pasaportes a todos los pasajeros. Gerardo sintió que entraba en un mundo nuevo. Construyó en su imaginación una espléndida polis griega donde los recibirían hombres vestidos con túnicas y templos con columnas dóricas. Le decepcionó un poco que la primera imagen de la isla fuesen los dos acorazados militares que custodiaban el puerto, y los hoteles de costa decorados con luces de neón. Uno de ellos se llamaba Éxtasis.

Atracaron entre dos gigantescos yates blancos. A su lado, la goleta se veía rústica e insignificante. Gerardo se sintió como un proletario de los mares, pero se entusiasmó ante la perspectiva de pasar todo el día recorriendo las ruinas. Antes de dejarlos bajar, cuando todos los pasajeros estaban juntos en la cubierta posterior, el capitán dijo algo.

—¿Qué ha dicho? —preguntó Gerardo.

—¿Y qué más da? —dijo el esposo de Cristina, Miguel. Pero Cristina explicó:

—Ha dicho que si nos preguntan, digamos que sólo hay dos tripulantes a bordo.

Gerardo había contado tres: el capitán, un chef muy joven y un anciano desdentado y con la cara roja. Preguntó:

—¿Por qué dos? Son tres.

Gerardo habría preferido que le respondiese Miguel, o el viejo cuya voz no había escuchado hasta ahora, pero Jon continuó con la explicación:

—Al cocinero se le ha vencido el visado griego. Si la policía se entera, lo pueden deportar. Y nos quedamos sin comida.

Gerardo se inquietó:

—¿Está ocultando a un ilegal? Eso es una irresponsabilidad.

—Ya —confirmó Miguel—. ¿Podemos irnos?

Gerardo trató de que tomasen conciencia de la gravedad de la situación:

—Oigan, a nosotros también nos piden un visado para Grecia. Y si esta gente nos implica en un delito migratorio, podemos meternos en un problema muy gordo. Incluso podrían vetarnos la entrada a Grecia para siempre.

—¿Y qué importa? —dijo Diana parapetada tras sus lentes oscuros—. El mundo es grande. ¿Acaso van a regresar a Grecia?

—¿Y si regresamos? —preguntó Gerardo.

—No creo que pase nada —dijo Cristina—. Al cocinero lo han dejado bajo cubierta.

—Pobre —dijo la señora mayor—. Con este calor.

—Se nos va a ir el día discutiendo —comentó Jon—. ¡A pasear!

—¿Qué pasa? —levantó la voz Gerardo—. ¿Soy el único adulto en este barco?

—Lo serás en un minuto —dijo Miguel, dirigiéndose al puente.

—¡No se vayan!

—Gerardo, por favor... —suplicó Magda.

—Si se va a quedar, ¿puede fijarse que no se vuelen nuestras toallas? —preguntó la señora mayor—. Están en cubierta, y podría haber una corriente de aire...

La mujer señaló hacia un par de toallas de colores pálidos que se extendían sobre las colchonetas. Una de ellas decía FELIPE bordado con hilo amarillo. La otra, JULIA. Súbitamente, Gerardo se dio cuenta de que Julia y sus pechos eran los únicos pasajeros que quedaban junto a él. Los demás habían descendido al puerto, incluso Magda. El capitán lo miraba con curiosidad.

—*Coffee?* —le preguntó.

Derrotado, Gerardo bajó a tierra firme.

Por un acuerdo tácito, los pasajeros del velero convivían en el mar y se separaban en tierra firme. Al abandonar el puerto a pie, ya no eran más un grupo, sino cuatro parejas. Y de todas, Gerardo estaba seguro de estar en la mejor informada y la que más aprovecharía el viaje. Armado con su guía *Lonely Planet*, empezó por llevar a Magda al famoso árbol de Hipócrates.

—Aquí se creó la medicina, Magda. Aquí impartía sus enseñanzas el fundador. ¿Puedes creerlo?

—Es fascinante —dijo ella conteniendo un bostezo.

Gerardo empezó a tomarle fotos al árbol, que parecía un cascarón gigante sin tronco, y a la fuente esculpida a sus pies.

—Imagínate a los estudiantes y el maestro, todos reunidos bajo la sombra del árbol, sin saber que serían recordados durante milenios.

—Ya.

Gerardo consideró prudente tomar alguna foto en la que saliese Magda. Volteó a verla, pero ella ya estaba en un puesto de joyería, probándose collares y sortijas. En un arrebato de tolerancia, Gerardo aceptó el desplante y esperó hasta que ella volvió luciendo un par de aretes nuevos y una sonrisa de centro comercial.

—¿Me quedan bien?

—Muy bien —concedió Gerardo casi sin mirar—. Vámonos.

A cien metros del árbol había una pequeña acrópolis. La mayor parte eran sólo piedras regadas por el suelo, pero Gerardo se mostró notablemente excitado con ellas. Corría de un lado a otro fotografiando los escombros y jadeando, como un perro persiguiendo una pelota.

Unas pocas columnas sobrevivientes eran la única prueba irrefutable de que ahí había habido algo más que un vertedero de la Edad Antigua.

Magda se apoyó en una de ellas, esperando que a Gerardo se le pasase el ataque de ansiedad, algo que podía tomar horas.

—¿Sabías que aquí nació Homero?

—Esta mañana dijiste que quizá Homero nunca existió.

—Ya, pero si hubiese existido, habría nacido aquí. Es posible que haya paseado por estos templos, que haya tocado estas piedras.

—Guau.

—Cerca de la ciudad está la escuela de medicina de Hipócrates.

—¿Cómo que *cerca* de la ciudad? ¿No está *en* la ciudad?

—He leído en la guía que es sólo una caminata de media hora. Y la cuesta no es especialmente pronunciada.

—¿Has dicho *media hora*? ¿Y *cuesta*?

—¡La escuela de Hipócrates! ¿No es increíble estar aquí?

Magda no pudo más. Trataba de ser comprensiva, pero llevaba un bolso demasiado pesado —protector solar facial, protector corporal, gorras, billetera, gafas de sol, novela de Dan Brown, guía turística suplementaria, toalla, cojín inflable, reloj— y, por si fuera poco, sus sandalias no servían para caminar. Trató de no perder la calma, pero conforme hablaba, el tono de su voz iba subiendo:

—Lo increíble es que no estemos en la playa, a sólo doscientos metros. ¡Y que lleves media hora tomándoles fotos a las piedras!

Gerardo le tomó una foto a Magda mientras refunfuñaba.

—Después de la escuela, haremos lo que quieras.

Sonrió e hizo mimitos, como un gato. Magda no tenía corazón para alterar esa sonrisa.

Anduvieron una hora y cuarto en busca de la escuela. Preguntaron por ella en un inglés macarrónico, y se les respondió siempre en perfecto griego moderno. Cuando al fin alguien les dio instrucciones claras, terminaron en el árbol, donde ya habían estado. Tras comprar una botella de agua —y con Magda perdiendo claramente los estribos— reemprendieron el camino y se toparon con unas ruinas. Después de sacar varias fotos, apareció un buldócer y Gerardo comprendió que simplemente estaban ante la demolición de un edificio. Al final, cayeron en la cuenta de que habían hecho todo el camino en dirección contraria.

—Nos vamos a la playa —resolvió Magda. Gerardo no se atrevió a contradecirla. Magda tenía la camiseta empapada en sudor, y ésa era una de las pocas cosas que la enfadaba más que el hambre en el mundo.

Finalmente, encontraron una playa de piedras. Estaba bastante sucia, pero no tenían ganas de caminar más. Además, había un bar y hamacas. Magda se tumbó en una de ellas y pidió una Coca-Cola Light. Gerardo se quitó ropa y corrió hacia el mar.

El agua estaba apacible y turquesa. Nada más entrar se arrojó de cabeza y empezó a nadar hacia el horizonte. Avanzó unos veinte metros y se detuvo a mirar la orilla. Había un castillo medieval, detrás del cual se adivinaba el puerto. Gerardo le hizo hola a Magda, que le respondió desde la orilla con una sonrisa. Se sintió cómodo, ligero, como si el mar se llevase sus angustias. Extendió los brazos y las piernas para flotar. Respiró hondo, mecido por la brisa marina. Cerró los ojos.

Se mantuvo en esa posición, con la mente en blanco, hasta que algo se deslizó por su pierna, como una rápida caricia. Posiblemente había pescaditos audaces cerca de la orilla, pero desechó esa hipótesis. Debía de ser alguna piedra, o un poco de arena que se le había quedado en el bolsillo. O quizás, o quizás...

Trató de recordar si, antes de entrar en el agua, se había sacado del bolsillo la cámara de fotos digital.

—Vaya mierda de isla —dijo Jon. A su lado, Diana se limaba las uñas. Ya era de noche, pero aún no se habían quitado los lentes Ray-Ban.

—Se come bien —repuso Miguel, el cuarentón.

—Está atestada —respondió Jon. Y Diana añadió:

—Está urbanizada.

—Eso es lo peor —confirmó Cristina—. Sería más bonita si fuese más virgen.

—Aquí nació Homero —explicó Gerardo tratando de elevar el ánimo general.

—¿El de los Simpson? —preguntó Jon.

—El de los Locos Addams —dijo Miguel.

—¿Alguien visitó la escuela de Hipócrates? —preguntó Gerardo para no tener que rebajarse a explicar quién era Homero. Pero su pregunta se disolvió en la oscuridad. Julia dijo:

—A nosotros casi nos atropella un auto. Pensábamos que en este viaje huiríamos de la civilización y lo conseguimos. La gente de aquí es incivilizada.

Su marido no respondió. Gerardo empezaba a preguntarse si ese hombre estaba muerto, y Julia quería internarse en el Mediterráneo para deshacerse del cadáver.

—No sé ustedes —dijo Diana—, pero éste no es el viaje que yo esperaba. Me imaginaba más bien bahías y calas salvajes, naturaleza, aislamiento...

Magda iba a decir algo, pero una mirada de Gerardo bastó para que guardase silencio. Acababan de terminar de cenar, y el capitán estaba retirando los platos. A un lado, el motor de un megayate sonaba como una locomotora. Al otro, cuatro italianos se emborrachaban ruidosamente en la cubierta de un catamarán de lujo.

Gerardo se fijó en su propio navío: los acabados de madera, los ajustados espacios en que se movían los pasajeros, la ducha microscópica que caía directamente sobre el váter. El váter, que había que bombear durante cinco minutos para desaguar. Miró a las embarcaciones a ambos lados, blancas, orgullosas, despreciativas. Sospechó que las goletas eran una porquería, el escalón más bajo del escalafón de los navíos.

El capitán se acercó con un mapa para explicarles el siguiente paso del recorrido. A estas alturas, su inglés se entendía un poco mejor. O probablemente, el inglés de los otros se estaba deteriorando a gran velocidad.

—Nuestro próximo destino es la isla de Rodas —anunció señalando una forma grande en el centro del mapa—. Debido a los vientos, tendremos que zarpar a las seis de la mañana.

—¿A las seis? —protestó Diana.

—¿Y qué más da? —dijo Gerardo—. ¿Acaso tú conduces el barco?

—De madrugada, el ruido del motor es insoportable —comentó Cristina.

—Pensé que estábamos en un velero y navegaríamos a vela —dijo Julia.

—Deberíamos pedirle al capitán que navegue a vela —afirmó Jon.

—Y zarpar más tarde —dijo su esposa.

La situación empezó a degenerar en un motín. Cada pasajero tenía sus demandas. Finalmente, Jon asumió cierta posición de liderazgo aprovechando que estaba sentado en la cabecera, y pidió silencio. Luego se dirigió al capitán.

—A ver, ¿qué es Rodas?

Ante tanta ignorancia, Gerardo se sintió obligado a intervenir. Temía que Jon —a quien para sus adentros seguía llamando «el imbécil»— aprovechase el caos para tomar el mando definitivo sobre el grupo.

—Rodas es la isla más importante de todo el recorrido y la más extensa del Dodecaneso —explicó didácticamente.

—O. K. ¿Queremos ir al Dodecaneso?

—Estamos en él. Kos también forma parte del archipiélago.

Gerardo sintió un placer secreto en usar palabras de más de cuatro sílabas.

—¿Has dicho que es la más grande? —preguntó Julia—. ¿Qué tan grande?

—Según mi guía, 174.000 habitantes.

Lo dijo lentamente, dejando que sus palabras despertasen el interés del público. ¿Qué más querían saber? ¿La historia de Rodas? ¿Sus principales atracciones turísticas? ¿Gastronomía?

—¿174.000? —gritó Diana—. ¿Y vamos a dormir en el puerto? Será como dormir en el estacionamiento de un centro comercial.

—Qué asco —remarcó Julia.

Gerardo trató de salvar la situación.

—Pero tiene una historia muy rica. Ha sido griega, romana, bizantina... Hay ruinas bellísimas.

—Ojalá tuviésemos una cámara para tomarles fotos —dijo Magda, y fue lo único que dijo en toda la discusión, pero fue suficiente para que Gerardo se sintiese culpable.

—¿No había algo en Rodas? —preguntó Miguel, que se estaba tomando un whisky.

—¿Algo?

—Sí, un monumento o una estatua, uno muy grande.

Gerardo se sintió tentado de ocultar el hecho de que el coloso de Rodas había dejado de existir veintidós siglos antes. Supo que iba a proporcionar información contraria a sus intereses.

—Bueno, en realidad, ya no... está. Es decir...

Pudo ver el gesto de decepción en el rostro de Miguel, que concluyó:

—¿Entonces para qué vamos?

—Pues yo diría...

—Capitán —preguntó Jon—. ¿Es posible cambiar el recorrido?

Gerardo percibió cómo la jefatura se le iba escapando de las manos con cada palabra del capitán. Siempre con el mapa sobre la mesa, el capitán explicó que podían hacer un recorrido por pueblos y bahías naturales, y como si fuera poco, podrían dormir más horas por la mañana. En lo que a él tocaba, incluso mejor. Evitar el puerto de Rodas le ahorraría la salida a mar abierto y expondría menos a su chef ilegal.

Jon convocó a una votación:

—Quién vota por ir a Rodas.

Gerardo levantó una mano solitaria. Sintió la mirada de odio del grupo.

—Quién vota por buscar playas bonitas.

Todos los demás levantaron la mano, menos el esposo de Julia, que sin que nadie lo advirtiese, se había ido a dormir. Y Magda, que alzó tímidamente su manita izquierda y la volvió a bajar antes de que alguien la viese. Gerardo se ofendió de todos modos, pero evitó expresarlo en público.

Los pasajeros celebraron su decisión con una ronda de raki, un aguardiente de anís que Gerardo encontraba repugnante. Y por momentos, consiguieron hacer más ruido que los italianos del catamarán de al lado.

Después, ya a solas en el camarote, Gerardo decidió quejarse con Magda, más por desahogarse que por otra cosa. Pero mientras estaba en el baño, recordó demasiado tarde el cartel que decía:

NO ARROJE PAPEL HIGIÉNICO EN LA TAZA
PUEDE ATORARSE

Y tuvo que sacar todo el papel que ya había arrojado, una operación compleja debido a lo mojado que estaba. Para cuando terminó, se lavó las manos y llegó a la cama, Magda ya se había dormido.

Gerardo se acomodó en su rincón. El motor del megayate de al lado seguía sonando. Estaba prohibido encender el aire acondicionado en el puerto, y hacía mucho calor. Pasó horas dando vueltas en la cama.

Comenzaba a conciliar el sueño cuando un ruido nuevo llamó su atención. Como un animalito gimiendo y rascando la pared. Como dos animalitos. Finalmente, comprendió que eran jadeos humanos, para ser precisos, de Jon y Diana en el camarote de proa, refocilándose. Se preguntó si al menos para eso se habrían quitado los lentes de sol.

Symi

La isla de Symi parecía un decorado teatral: un montón de fachadas de colores, como de utilería, repartidas armoniosamente por las laderas alrededor de la bahía. Pero era más apacible que

Kos, y sin duda, infinitamente más tranquila que Rodas. Antes de atracar, pasaron de largo frente al pueblo y dieron la vuelta a la isla hasta una cala sin apenas gente. A su alrededor, el mar Egeo emitía un resplandor turquesa, como un zafiro.

Nada más llegar, Jon se trepó al techo de la cabina y, desde ahí, ostentando su bañador Dolce & Gabbana como una bandera, se lanzó al mar. Diana lo siguió.

—¡El agua está deliciosa! —se escucharon sus voces desde la superficie, entre chapoteos de amor descontrolado.

La goleta contaba con una canoa para diversión de los clientes. Miguel y Cristina la bajaron al agua, y se turnaron en los remos buscando una cala donde bucear. Gerardo se quedó en la mesa de popa, a la sombra, viendo a la tripulación jugar backgammon en la cabina.

—¿No vas a broncearte un poco? —le dijo Magda, brillosa de crema para el sol.

—¿Sabías que mi abuelo sufrió cáncer de piel? En mi familia, está recomendado no tomar demasiado sol hasta la quinta generación.

—Pero ahora tú eres *mi* familia —contestó Magda con un mohín de coquetería, que Gerardo desechó con un gesto.

Ella puso cara de agotamiento. Él se encerró en su libro. Magda no sabía qué libro era, pero creía recordar que el autor era un premio Nobel. En todo caso, lo único cierto es que su esposo podía leer ese libro en casa.

—Gerardo, ¿qué te pasa?

—Nada. No me pasa nada —dijo él con voz de que le pasaba algo.

—¡Es tu luna de miel!

—Precisamente, lo que me pasa es que ésta no es *mi* luna de miel. Es *tu* luna de miel. Se hace lo que tú quieres, se va a donde tú vas. ¡Realmente, todo ha salido mal desde que este viaje comenzó!

—¿Mal? Estamos juntos a bordo de un barco en medio del Mediterráneo, ¿y para ti eso está mal? Lo siento. No quería hacerte sufrir tanto.

Magda ni siquiera se tomó la molestia de enfadarse. Se acercó a la baranda y se tiró al mar, dejando a Gerardo con la palabra en la boca. Mientras masticaba su rabia, él descubrió que a su espalda, en esa especie de sofá que se forma en la popa, estaba el viejo Felipe. Le dirigió una mirada cómplice.

—Mujeres. Nunca están contentas, ¿verdad?

Felipe no le respondió. Y como llevaba los lentes oscuros, era imposible saber si lo estaba mirando o estaba dormido. A Gerardo eso le hizo sentir más cómodo, porque en realidad no quería conversar, sino ser escuchado:

—¿Sabe qué es lo que más me molesta? Que no sé qué me molesta. ¿Le ha pasado alguna vez? ¿Estar amargado con todo, y que mientras más bello es lo que ocurre alrededor, uno está de peor humor? Y me gustaría que Magda estuviese más pendiente de cómo me siento, pero ella está encerrada en un tubo de protector solar. ¿Comprende?

Algo chapoteó cerca del barco. De la cabina llegó el sonido de los dados al rodar por el tablero. Felipe seguía en silencio. Gerardo continuó:

—Comprendo que no diga nada. Es mejor guardar las distancias. Sobre todo en este barco. Miguel y Cristina están bien, pero Jon y Diana son completamente insoportables, ¿no cree? Niños ricos. Aunque hay que admitir que Diana está muy buena. La mujer perfecta tendría el cerebro de Cristina en el cuerpo de Diana. Y, bueno, la... sensibilidad de Magda, claro. Ah, y la experiencia de su señora.

—Qué manera tan elegante de llamarme vieja —sonó la voz de Julia, que subía desde la cabina—. De todos modos, no te esmeres. Felipe es rumano y está bastante sordo. Es como hablar con una muñeca inflable.

Julia se rio, pero Gerardo se sonrojó. En su programa mental, las palabras «muñeca inflable» desaparecen del vocabulario de las personas a partir de los cincuenta años de edad. Para no tener que reacomodar todas sus creencias, imaginó que la había entendido mal.

Julia llevaba en la mano un tarro de crema humectante reafirmante. Gerardo se fijó en su piel escamosa, resquebrajada, y en la flacidez de sus muslos y brazos, como si se estuviese descolgando por pedazos. Algo en la sonrisa de ella le hizo temer que le pediría embadurnarle de crema el cuerpo. Tembló ante esa perspectiva. Iba a huir hacia la otra cubierta pero, para su horror, le cerró el pasó Jon, goteando agua salada, con su sonrisa reflejando el brillo del mar.

—¡Veo que la fiesta está acá arriba! —celebró Jon.

A un lado, Julia con los pechos como calcetines vacíos y el protector solar. Al otro, el imbécil con ganas de conversar. El único escape posible era arrojarse al mar. Gerardo se quitó la camiseta y saltó con los pies por delante y los brazos extendidos hacia arriba. Debajo de la superficie había veintiséis metros de profundidad. Mientras caía, iba sintiendo que la oscuridad se lo tragaba.

A la hora del crepúsculo, atracaron en el pequeño puerto de Symi y bajaron a dar un paseo por el pueblo. El malecón estaba lleno de tiendas de postales y souvenirs. Magda dedicó veinte minutos a una crema facial de aceitunas, veinticinco a dos camisas mediterráneas blancas y quince a un tablero de backgammon de artesanía. Gerardo invirtió ese tiempo en mirar las piernas de las turistas. Súbitamente, cobró conciencia de que aún no había hecho el amor en el barco, un punto que formaba parte de sus fantasías más intensas respecto a ese viaje. Decidió hacer méritos para resolver esa deuda sin más demora.

En la plaza principal, había un espectáculo de música y danzas típicas. Gerardo insistió en permanecer ahí y bailar un poco frente al escenario. Magda, al principio reacia, terminó por ceder. Los músicos no estaban perfectamente afinados, en realidad. Y los bailarines, la mayoría de ellos estudiantes del colegio público, tampoco coordinaban sus movimientos.

Un chico entusiasta, al que Gerardo clasificó de inmediato como un gay redomado en pantalones cortos, era el macho de la manada entre unas diez o quince chicas que se movían con torpeza enfundadas en trajes típicos. Aparentemente, el chico era el único que sabía los pasos de baile, lo cual confirmó las ideas de Gerardo sobre su sexualidad. En todo caso, él procuró concentrarse en bailar algo con Magda, que no se mostró especialmente entusiasta.

—¿Por qué no mejor vamos a cenar?

—¿A cenar? Siempre me dices que no bailamos. Y cuando quiero bailar, tú quieres cenar.

—Yo no sé bailar esto, y tú tampoco. Además, es horrible.

—Intégrate, querida. Respeta las tradiciones griegas.

El único griego que Gerardo había visto bailar era Zorba, y trató de imitar sus pasos chasqueando los dedos. Estuvo a punto de caerse a un lado. Magda rio, y Gerardo exageró su torpeza para hacerla reír más. Reír era una buena manera de conseguir un polvo esa noche. Empezó a vencer la resistencia de su esposa, y tendió los brazos hacia ella. La tomó de las manos y comenzaron a moverse con cómica pesadez.

Poco a poco, sus ritmos fueron encajando hasta formar una parodia decente de lo que ocurría sobre el escenario, que de todos modos no era un espectáculo demasiado envidiable. A su lado, una pareja de ancianos del pueblo salió a bailar, y ellos los imitaron. Cuando los ancianos se agachaban, Gerardo y Magda se agachaban. Cuando se adelantaban, ellos también. Todo eso empezó a resultar divertido. Gerardo ya se veía golpeándole las nalgas al ritmo del mar. Para acelerar las cosas, decidió pegarse a ella y comenzar un baile más incitante. Pero cuando se tomaron de las manos, Magda dijo de repente:

—¿Y tu anillo?

Y esa pregunta resonó en el vacío como si la música se hubiese detenido de repente. Era lo último que Gerardo pensaba escuchar.

—¿Cómo?

—¿Dónde está tu anillo de matrimonio?

Gerardo se miró el dedo desnudo, aún rodeado por una marca blanca, una cicatriz de ausencia.

—Yo... no...

Por su memoria pasaron varios momentos del viaje. Aún llevaba la sortija la noche anterior, porque la recordaba al lavarse las manos después de meterlas en el váter. La llevaba esa mañana, porque el reflejo del sol en el metal le había lastimado la vista durante el desayuno. La llevaba hasta el momento de arrojarse al mar, con los brazos extendidos hacia arriba, y dejarse caer bajo la superficie.

—Vamos de inmediato al barco. Quizá te lo hayas dejado en el baño.

Magda lo miraba aterrada, como si hubiese perdido un riñón.

—No... será necesario.

—¿Cómo que no? ¡Es el aro de matrimonio!

Dijo esas palabras como si Gerardo no las conociese. Aunque, a juzgar por el tono de su voz, Gerardo tuvo la sensación de que no las comprendía enteramente, que se le escapaba una parte de su significado. O al menos, de que no les atribuía la misma importancia que ella.

—Está en el mar, Magda. Se lo ha tragado el mar.

En ese momento sí, la orquesta dejó de tocar. El niño gay recibió los aplausos de algunas señoras, probablemente más conmovidas con su esfuerzo que con sus resultados. Las bailarinas hicieron una reverencia, pero los aplausos se apagaron antes de que se alzasen. El acordeonista se levantó tambaleando, y Gerardo vio que tenía una botella de whisky debajo de su asiento.

Magda se había llevado las manos a la boca, como si hubiese descubierto un terrible secreto. Gerardo trató de practicar el control de daños:

—Querías cenar, ¿verdad? Será mejor que vayamos a cenar.

—No tengo hambre. Quiero estar sola.

—Magda, no hace falta que lo tomes tan a la tremenda...

—Sólo quiero estar sola, Gerardo.

No tenía una voz molesta sino inexpresiva y gélida. No era una voz de reproche sino de decepción.

—Podemos comprar otro anillo al regresar.

—Claro. Claro que podemos. Pero ahora, me gustaría caminar un poco. ¿Te importa? Sólo...

Empezó a caminar antes de terminar la frase. Gerardo trató de seguirla, pero ella lo detuvo con una mirada. No tuvo más remedio que caminar en la dirección contraria, alejándose del velero.

Deambuló por la noche esquivando los vómitos de un grupo de borrachos y los gritos de una banda de alemanes que había tomado por asalto un bar. Al acercarse a un gran yate en uno de los rincones del puerto, un guardaespaldas le bloqueó el paso. Trató de explicarle que él no había hecho nada, pero el guardaespaldas se puso nervioso y lo empujó. Finalmente, se sentó en una terraza, frente al mar y el cielo negros, y se quedó mirando las luces del puerto un par de horas. Como luciérnagas artificiales.

Cuando calculó que Magda ya se habría tranquilizado, regresó a la goleta. Su esposa no estaba en la habitación. El capitán ya se había ido a dormir. Las puertas de los camarotes estaban cerradas. Sólo el silencio reinaba en la cabina.

Le pareció oír risas y susurros en proa. Subió. Entre los cuchicheos, reconoció la voz de Jon, y se hizo la ilusión de interrumpir sus magreos con Diana y darse así una pequeña alegría nocturna. Desde babor, distinguió las siluetas de un hombre y una mujer en los sofás de proa, conversando y contemplando las luces de la bahía. Sólo al acercarse comprendió que el hombre era Jon, pero la mujer no era Diana, sino Magda.

—Hola —le dijo.

—Hola.

Trató de medir su enfado en la voz, pero ella no dijo más. Jon no lo saludó. Quizá hasta le dirigió una mirada de reproche, pero en la oscuridad, Gerardo no podía estar seguro. Permaneció unos minutos ahí hasta verificar que nadie más hablaba y, haciendo acopio de dignidad, dijo:

—Buenas noches.

—Buenas noches.

Pasó una hora acostado esperándola, pero Magda no regresó a la cama. Estaba empapado en sudor pero, a pesar del calor, empezó a dormirse. O quizá no. A veces le parecía que había estado durmiendo intermitentemente. Otras veces, creía estar despierto sin remedio. De madrugada, volvieron los gemidos de la noche anterior. Los suspiros. Los jadeos. Los rasguños en la pared. Se cubrió la cabeza con la almohada. Tarareó una canción mentalmente. Pensó en los libros de Homero.

Cuando al fin se durmió, cerca del amanecer, Magda aún no había vuelto.

—¿Sabían que hay *tours swingers*? —Jon miró alrededor con cara de haber hecho una gran revelación. Los demás lo miraron aparentando interés hasta que Miguel, entre salchicha y salchicha, se atrevió a preguntar:

—¿Qué es *swingers*?

—Veleros como el nuestro, pero de intercambios de parejas. Los pasajeros viajan en el mismo barco, pero nunca duermen en la misma cama.

—¿Tendría que dormir con dos como mi esposo? —preguntó Julia mientras untaba su pan con mermelada—. No sé si me gusta la idea.

Gerardo se fijó en Magda. Llevaba lentes oscuros, como si hubiese llorado durante la noche, o quizá, como si se hubiese pasado la noche en una discoteca. Ella no le devolvió la mirada. Diana, que parecía muy interesada en el tema de conversación de su esposo, añadió:

—Es verdad. Salió en el periódico. A menudo, los viajeros se lo montan todos juntos. Orgías y eso.

—Suena entretenido —dijo Miguel.

—Sobre todo para mí —agregó Cristina—: podría mandarte a ti y a tus ronquidos a otro camarote.

Magda empezó a buscar la mantequilla con las manos y los ojos. Gerardo se la acercó. Magda la tomó de sus manos sin decir una palabra ni levantar la vista. Jon dijo, con las pupilas brillando a través del cristal ahumado:

—El capitán dice que el año pasado llevó a un grupo de rusos que decidieron intercambiar parejas durante el viaje. Lo invitaron a sumarse, pero él se negó. Mucha cosa rara, dice. Mucha degeneración.

Gerardo se volvió a su mujer. Necesitaba hablarle, recibir señales de vida.

—¿Qué te parece, querida? ¿Te sumarías a una fiesta *swinger*?

Magda respondió en general, sin dirigirse a él específicamente:

—¿Por qué no? En el medio del mar, lejos de casa… Un barco es como un laboratorio humano. Cada quien puede hacer cosas que no haría en su lugar. Y uno nunca sabe qué puede esperar de las personas, ¿verdad?

Gerardo sabía que esa respuesta, viniendo de ella, no podía ser verdad.

—Estás bromeando.

Por primera vez, Magda clavó la vista en los ojos de él. O al menos, eso parecía tras los lentes. Le dijo:

—¿Te gustaría que fuese una broma?

—Supongamos... Supongamos que lo hacemos ahora —dijo Jon. Gerardo sintió ganas de ahogarlo en el mar—. ¿Con quién? Ya sabes, ¿a qué camarote te irías?

Magda se rio. Parecía tener un humor para Gerardo y otro para Jon.

—Al de Julia, que supongo que es la única persona normal de este barco.

Julia protestó:

—Tu esposo me dice vieja y tú me dices normal. ¿Parezco tan aburrida?

—El aburrimiento no es cuestión de edad. ¿Verdad, amor? —dijo Magda, y Gerardo lo sintió como una puñalada.

Terminaron de desayunar y enfilaron hacia su siguiente destino. Según les había dicho el capitán, se dirigían hacia un lugar tan salvaje que ni siquiera tenía nombre, en algún punto de la costa turca. Sí. Una playa linda. No. No había ruinas bizantinas. Durante el trayecto, Magda no se separó de Jon y Diana. Cristina y Miguel ocuparon el sofá de proa. Gerardo no tuvo más remedio que instalarse al lado de Felipe y Julia, en la mesa de popa.

—¿Los jóvenes realmente creen que son los únicos con penes y coños, verdad? —dijo Julia.

—¿Perdón? —Una mujer mayor de cincuenta años diciendo *penes y coños* escapaba por completo a la idea de la vida que Gerardo se había hecho.

—Deberían saber que la gente de mi edad no es minusválida.

—Ya.

—Y que una mujer de mi edad quizá sea más jugosa que una jovencita sin experiencia.

—Sin duda.

Gerardo estaba aterrado. Recordó la desagradable escena de su madre explicándole las verdades de la vida, incluyendo el momento en que le puso un condón a un plátano. Todavía tenía pesadillas con ese momento. Ciega al sufrimiento que estaba causando, Julia continuó con su alocución:

—Pero no se enteran porque ni miran. Hay miles de ancianos emparejados con mocosas. Pero si una mujer busca un novio menor que ella, todo el mundo cree que él quiere matarla y quedarse con su herencia.

Lo dijo con tanta energía que Gerardo, por primera vez, venció sus prejuicios y la evaluó desde un punto de vista masculino. En realidad, a pesar del derretimiento pectoral, conservaba una silueta bastante digna. Y era elegante, al menos cuando no decía «pene». Gerardo supuso que la falta de sexo con su esposa le estaba creando fantasías perversas. Trató de concentrarse en su principal preocupación: cómo apartar a Magda de sus nuevos amigos y hablar con ella a solas.

En ese momento, el capitán apagó el motor.

—¿Qué está pasando? —preguntó Gerardo.

Julia le tradujo lo que el capitán le decía:

—Hay suficiente viento. Van a desplegar la vela.

El chef y el anciano subieron al techo de la cabina, ataron y soltaron cuerdas en el mástil, esquivaron el movimiento de la botavara y, al fin, desplegaron una gran tela triangular, y otra que formaba una especie de globo. Desde todo el barco se oyeron aplausos al ver las velas hincharse y el barco correr sobre las olas. El capitán sonreía sin soltar el timón. Aprovechando el momento de felicidad, Gerardo trató de juntar su mirada con la de Magda, pero las velas se interpusieron. Era como si se perdiese en el viento.

La isla perdida

Después de un par de horas, la goleta se detuvo en una cala boscosa. Bajo la nave, el mar cambiaba de color, del turquesa al verde claro, según la vegetación del fondo. El chef descendió en una lancha motora con una soga en la mano y ató la embarcación a una piedra de la orilla. A su alrededor, ningún otro velero interrumpía la vista.

Pasaron la tarde chapoteando en la pequeña isla. Gerardo trató de acercarse a Magda varias veces, pero cuando no estaba con Jon, estaba con Cristina y Miguel en la canoa. Terminó por rendirse. Se puso unos lentes de agua y se dedicó a bucear. A su alrededor circulaban indiferentes cardúmenes de peces de colores que se apartaban cuando él trataba de tocarlos, como si también ellos lo encontrasen repugnante.

Después de un rato sumergido, decidió recorrer la orilla de la isla. En lo alto de una colina, había una antigua torre que en tiempos debía haber albergado a un vigilante. Se planteó llegar hasta ahí. Bordeó el pequeño acantilado observando el mar romper contra las rocas y pinchándose de vez en cuando con las ramas secas. La torre estaba más lejos de lo que parecía. Llegó después de media hora andando. Y al pisar el final del camino, lo recibió un grito de mujer.

—¡Fuera de acá!

Era la voz de Diana. Aunque trató de no mirar, Gerardo la distinguió con el rabillo del ojo, sentada orinando a un lado de la torre.

—Lo siento... No sabía que...

—Da igual. No tendrás papel higiénico, ¿verdad?

Gerardo negó con la cabeza mientras trataba de concentrarse en la imagen lejana de la goleta. Escuchó el sonido de una falda al subirse y de una cremallera al cerrarse. No imaginaba con qué se había limpiado ella finalmente. Pero por alguna razón, ese pensamiento lo excitó.

—Me gustan las vistas altas —dijo ella. Sus piernas brillaban, quizá por el protector solar, quizá por el sudor y el reflejo del mar que se agitaba quince metros más abajo.

—Sí. Son buenas para pensar.

Finalmente, se atrevió a mirarla entera. Su falda estaba seca, lo que mostraba que debía haber llegado en bote. O volando. Cubriendo su torso sólo llevaba el top del bikini. A Gerardo le pareció que en tierra firme era más pequeña que a bordo.

—Parece que Magda ha hecho buenas migas con Jon. —Sonrió ella.

—Normal. Magda es buena vecina.

Al fondo se veía la canoa color naranja, dando vueltas alrededor del velero. Pero era imposible saber quiénes la tripulaban. Diana se sentó al lado de Gerardo, en un saliente, con las piernas colgando sobre el precipicio. Él la imitó.

—Me ha picado un bicho —dijo ella, mostrando una herida en el muslo—. Fue como una mordedura. Espero que no tenga veneno.

Gerardo fijó la mirada en el muslo, con la hinchazón en medio, como una señal roja en un mar de carne blanca.

—No creo —dijo—. Los animales más peligrosos de esta isla somos nosotros.

Ella se rio. Su pecho se movió mientras lo hacía.

—Tú no pareces muy peligroso.

—Yo podría dejarte una mordedura más grande.

—Ya.

Un barco de pasajeros atravesó el horizonte. Gerardo cruzó las piernas para disimular el entumecimiento entre ellas. Ella sonreía, aunque él no tenía claro el porqué. El sol comenzaba a declinar, enrojeciendo el cielo. Ella volteó a mirarlo. Él aguantó unos segundos antes de volver la cabeza hacia la suya. Se miraron a los ojos.

—Creo que debemos regresar —dijo Diana.

Durante la cena bebieron raki. Gerardo se sentía demasiado cansado para protestar y bebió también. Magda se había sentado en el otro ex-

166

tremo de la mesa. Tenía el pelo limpio y la piel lustrosa de crema humectante. Debía de haberse duchado mientras él paseaba por la isla. Jon estaba hablando:

—El capitán dice que esta noche habrá lluvia de estrellas.

—¿Eso es un programa de concurso? —preguntó Miguel.

—Estrellas fugaces. En serio. Dice que habrá miles.

—Podemos pedirles deseos —dijo Cristina, mirando a su esposo—. Como que bajes de peso.

—O hijos —añadió Magda.

—O rebajas en los bolsos Louis Vuitton —dijo Diana.

Felipe dormía a un lado. Julia los escuchaba en silencio. La cena parecía una escena repetida en una película vieja.

Repentinamente, el capitán salió de la cabina con su chef y su anciano. Y propuso un juego. Animados por el alcohol, los pasajeros aceptaron clamorosamente. El capitán pidió dos voluntarios. Jon salió al frente de inmediato, con su camisa abierta a la altura del pecho. El capitán pidió un voluntario más, pero nadie dio un paso adelante, así que designó a Magda.

Ella se puso de pie entre aplausos, aunque los de Gerardo fueron bastante desganados. El capitán tenía dos pequeñas cuerdas con lazos en todos los extremos. Con una de ellas ató las muñecas de Jon. Con la otra, las de Magda. Entre sus brazos, las cuerdas se cruzaban. El juego consistía en desengancharse sin romper las cuerdas.

Jon y Magda hicieron todo tipo de movimientos. Se abrazaron y se desabrazaron y pasaron uno encima del otro. Intentaron pegarse frente a frente, y luego separarse sin soltarse de las manos. Se frotaron. Pero no consiguieron desenredarse. El público se reía. Gerardo se preguntaba si Magda lo estaría disfrutando. Pero en algún momento, percibió que su rodilla se estaba rozando con la de Diana. Y que ninguno de los dos quitaba la pierna de ahí.

Al fin, los dos participantes admitieron que no conseguirían separarse. El capitán, con una sonrisa triunfal, acercó las muñecas de Jon a las de Magda, y las separó con un simple juego de nudos. A Gerardo le molestó todo el proceso de tocamientos innecesarios que había presenciado. Pero trató de concentrarse en la rodilla de Diana.

Tras conocer el truco, Miguel y Cristina intentaron jugar, pero tampoco consiguieron desanudarse. Además, a esas alturas de la noche y tratándose de ellos dos, sus movimientos eran más pesados y graciosos, menos sensuales que los de Magda y Jon, y producían más carcajadas, incluso en las encías vacías del anciano tripulante.

Conforme el juego avanzaba, Gerardo bebía más y se sentía más ligero. Alguien puso música árabe, y Diana comenzó a imitar la danza de los siete velos. Julia la siguió. Una frente a otra, parecían dos etapas en la vida de una mujer mirándose al espejo. La piel tensa y delgada de Diana, como la de un tambor, frente a la rugosa superficie de Julia, le pareció a Gerardo deliciosa. Decidió levantarse y bailar con ellas. Lo hacía bastante mal, pero todo encajaba de alguna manera en la atmósfera más humorística que erótica del barco.

Magda parecía haber desaparecido, y Gerardo estaba cada vez más envuelto en la bruma de las caderas de Diana, que amagaba con quitarse la falda. Trató de cogerla por la cintura. Ella esquivó sus intentos provocativamente. Cogió una toalla y se la puso a él en la cabeza, como un turbante, tapándole los ojos. Él siguió danzando. Sintió que alguien se acercaba. Deseó que fuese Diana, pero comprendió que ese bamboleo sólo podía deberse a Miguel. Extendió los brazos y tocó los pelos de un pecho. Escuchó risas a su alrededor. Sospechó que también podía ser el capitán. Quiso quitarse el turbante, pero alguien le retuvo la mano.

Siguió bailando. Alguien tomó el turno. Esta vez, la piel era lampiña pero rugosa. Supuso que era Julia. Pero no le molestó. Al contrario, trató de retenerla, en previsión de que el siguiente fuese Felipe. Oyó a los pasajeros girar en torno a él. La cabeza empezó a darle vueltas. Tropezó con una silla, y el turbante se cayó. Frente a él estaba una sinuosa Diana. Cadenciosamente, lo acostó en el suelo y volvió a cubrirle los ojos. Él volvió a oír risas. Quiso tomar a Diana por los tobillos, pero ya no estaba. Continuó moviendo las manos, sólo para hacer notar que seguía en ánimo de fiesta.

La música ahora sonaba más electrónica, aunque no había perdido sus melodías árabes. Tumbado en la cubierta, Gerardo sintió que alguien se movía encima de él. Trató de moverse con más gracia, aunque supuso que ahí, acostado, sus movimientos se veían ridículos en cualquier caso. Por primera vez, no le importó y siguió sacudiéndose, como una serpiente amarrada. De repente, alguien le quitó el velo de los ojos. De pie sobre él, bailando con las piernas a ambos lados de su torso, estaba Jon.

Realmente, Gerardo habría preferido incluso a Felipe. Al ver a Jon riendo con todos sus caros dientes, se levantó tratando de disimular su disgusto. Ahora, las risas se extendían por toda la cubierta, pero fuera de la mesa de popa, las luces estaban apagadas. La isla era sólo una silueta negra proyectada contra el fondo aún más negro de la noche. La música se había convertido en un ritmo de discoteca, que la tripulación marcaba con palmas. En la oscuridad, buscó a Magda. Ella no estaba por ninguna parte. Alguien le puso un vaso de blanco raki en la mano. Escuchó el chapoteo de los cuerpos cayendo al mar y risas de mujer. Se asomó por la borda:

—¿Quieres bajar?

Ahí abajo, Cristina y Julia jugueteaban junto al barco y sonreían, rodeadas por un vacío negro. Gerardo se sentía mareado.

—¡Está deliciosa! —escuchó. Era Julia la que había hablado antes de sumergirse como un delfín. A espaldas de Gerardo, la tripulación se servía copas. Jon había desaparecido.

—¿No es peligroso bañarse ahora? —preguntó Gerardo—. Puede haber depredadores. Tiburones o algo así.

Por toda respuesta, escuchó una carcajada de Cristina. Luego, nada. Se quedó un rato esperando que emergieran. Cuando terminó su trago, descubrió que también la música se había apagado. Al voltear, el capitán le ofreció una botella y una sonrisa de oreja a oreja:

—*Raki?*

Gerardo rechazó la propuesta con un gesto. Bamboleándose, avanzó hasta la cubierta de proa. Alguien respiraba en la oscuridad, como un mamífero grande. Cuando sus ojos se acostumbraron a la penumbra, percibió que había dos personas acostadas entre las colchonetas. Distinguió a Miguel y una mujer, que tenía una pierna extendida sobre su barriga. Gerardo quiso asegurarse de que no fuera Magda. Al acercarse, reconoció la falda que llevaba Diana. Se había fijado en ella mientras sus rodillas se tocaban.

Gerardo cayó —casi se desplomó— sobre otra colchoneta. El barco estaba solo en medio de la oscuridad. Y sobre él, el cielo era una miríada de estrellas dispuestas en forma de cúpula, como una red de luz infinita a punto de capturarlo. Antes de cerrar los ojos, a Gerardo le pareció ver una estrella fugaz. Quiso pedirle un deseo. Pero no le alcanzó el tiempo.

Knidos

Knidos era lo único relativamente histórico que quedaba en su recorrido, y el lugar donde pasarían la última noche. Veinticinco siglos antes, Knidos había sido una próspera polis, y sus ruinas daban testimonio de un centro comercial, militar y religioso de gran importancia. Al menos eso pensó Gerardo, que despertó cuando ya estaban atracando en el pequeño puerto.

Llevaba cuatro horas recibiendo el sol sin protección, y tenía escaldada toda la mitad derecha del cuerpo. Cuando abrió los ojos, distinguió ante sí un gigantesco anfiteatro y una bahía sembrada de edificios antiguos semiderruidos. A solas en la cubierta de proa, medio borracho todavía, tardó unos segundos en recordar dónde estaba, y mientras tanto, sospechó que había muerto, y que las puertas del paraíso se abrían ante sus ojos.

Pero la voz de Jon lo devolvió a la realidad:

—Buenos días. Tratamos de despertarte para el desayuno, pero habríamos tenido que tirarte al mar.

Jon estaba radiante y lozano, como si acabase de salir del gimnasio, el masaje y la ducha. Y ni siquiera Miguel se veía demasiado mal mientras desanudaba la canoa de plástico.

—Hoy tenemos visita turística —le dijo a Gerardo—. Es en tu honor. El capitán quiere que le cuentes cómo es esta isla. Dice que ha traído turistas aquí durante veinte años y nunca ha bajado a ver qué hay.

Gerardo iba reconociendo su cuerpo por partes. Sintió la boca seca y las extremidades entumecidas. Le dolía la cabeza. Levantarse para ir al baño le costó un gran trabajo, pero lo logró.

Al llegar a la mesa de popa, encontró a las mujeres jugando cartas. Magda, Cristina, Diana y Julia también se veían frescas. Y las últimas tres lo saludaron de buen humor. Al pasar junto a Magda, Gerardo quiso preguntarle dónde había pasado la noche. Pero comprendió que ella podía perfectamente responderle que en su camarote, como es natural. O, dado su extraño estado de ánimo, podía responderle algo peor.

Gerardo continuó su camino al baño con la esperanza de verse tan bien como los demás pasajeros. Pero el espejo le devolvió una imagen deforme, amoratada y pastosa. Se preguntó si era el único que había bebido la noche anterior. Creía recordar que no. Se tumbó en el camarote y se quedó ahí hasta que lo llamaron para almorzar.

Cuando subió a comer, las berenjenas con salsa de yogur le parecieron un vómito de desayuno. Se quedó mirando el plato en silencio hasta que percibió que alguien le hablaba y comprendió que una vez más, para su desgracia, era Jon:

—Tú que sabes de estas cosas: ¿es verdad que todos los griegos eran gays?

—Todos no podían serlo —dijo Cristina—. ¿Cómo iban a tener hijos entonces?

Hijos. La vida para Cristina era el periodo en que una persona se preparaba, expectoraba y protegía a sus vástagos. Gerardo no respondió. Pero Julia dijo:

—Pues yo conozco a muchos que no ven contradicción entre ambas cosas. Pero creo que entre los chicos de ahora la gente tiene las cosas más claras.

—Psé —dijo Magda. Y Gerardo se preguntó qué quería decir eso.

173

Por la tarde, el capitán los llevó al muelle usando la pequeña lancha de salvamento del velero. Gerardo pensó que encontraría una oportunidad para hablar con Magda a solas, pero en la lancha cabían cuatro por turno, y Julia los acompañó. Felipe había preferido quedarse en cubierta, y ella no paró de hablar en todo el trayecto, como si tuviera que compensar los silencios de su marido.

Cuando llegaron, Julia subió al muelle la primera. Mientras el capitán la ayudaba, Gerardo se fijó en su trasero, que parecía una llanta pinchada. Y sin embargo, le gustó. Constató entonces que necesitaba hacer las paces con Magda y tener sexo esa misma noche. De lo contrario, temía degenerar irreversiblemente.

A un lado del anfiteatro se elevaban columnas dóricas. Y toda la ladera de la montaña estaba salpicada de edificaciones blancas. Mientras subían, Gerardo trató de tomarle la mano a Magda tres veces. La última de ellas, Magda no se resistió. Con los dedos trenzados y la compañía de Julia, atravesaron varios agujeros enormes, como sepulcros para barcos, hasta llegar a un templo perfectamente redondo. Ahí, los alcanzaron los demás.

—¿Por qué es redondo? —preguntó Jon.

—No sé —dijo Gerardo—. Es la forma perfecta, supongo. La del sol.

—La de las tetas y los culos —añadió Miguel.

—¡Miguel! —se escandalizó Cristina.

—Sólo hasta cierta edad —explicó Diana didácticamente.

—No empecemos —se enojó Julia.

Desde ahí se dominaba toda la ladera. Un istmo unía esa montaña con otra, y a ambos lados de él se elevaban las fortificaciones de dos antiguos puertos. Era posible ir a cualquiera de los dos lados, o subir aún más, hasta el límite de la montaña, desde donde verían las ruinas de la ladera opuesta. Era el momento perfecto para separarse.

—Quiero enseñarte algo —le dijo Gerardo a Magda.

Ella asintió con la cabeza dócilmente y lo siguió. Él volvió a tomarla de la mano, sintiendo entre los dedos la dureza del aro matrimonial. Descendieron por una pendiente lateral en dirección al templo de las musas. Mientras caminaban, Gerardo dijo sonriendo con ironía:

—Hace días que no sé nada de ti.

Ella no se enojó, no mostró ninguna emoción en su voz al responder:

—Creo que hace mucho más que no sabes nada de mí.

Bajaron un poco más y se sentaron en los asientos superiores del anfiteatro. A ras del suelo, en el escenario, Cristina y Miguel se tomaban fotos. Tras un largo silencio, Gerardo dijo:

—Lo siento.

—¿Sí? Yo creo que no.

Veinte metros más abajo, Cristina y Miguel se abrazaron. Él apoyó su cabeza en el hombro de ella. El anfiteatro amplificaba el eco de sus risas.

—Quizá tenías razón —continuó Gerardo—. El barco es como un laboratorio. Uno no sabe qué puede pasar con sus pasajeros extraídos de su hábitat, como las ratas en un laberinto.

—Ya.

La risa de Cristina cambió de tesitura. Se volvió más pícara. Ella y Miguel desaparecieron en uno de los umbrales laterales del edificio. Gerardo necesitaba escuchar algo de su esposa, pero ni siquiera sabía qué.

—¿Qué pasará cuando volvamos a nuestro hábitat? —preguntó.

—Lo que pasaba antes de abandonarlo —respondió ella, como si estuviese esperando la pregunta—: nada en realidad. Hasta entonces, estamos a prueba.

—Hasta entonces.

Durante todo ese diálogo, intercalado con casi una hora de silencios, Magda no lo miró a los ojos. Ni él a ella. Y después, cuando el sol ya se ocultaba, ella se levantó y lo dejó ahí. Gerardo no intentó seguirla. Tan sólo la acompañó con la mirada. Ella caminó lentamente hacia el bar de los turistas, donde la esperaban Diana y Jon. Se sentó con ellos y pidió algo de beber. Después de un rato, Diana se acercó a ella y le puso una mano en el hombro. Se rieron.

Gerardo se levantó y caminó hacia el otro lado del istmo, desde donde se veía la puesta de sol. Leyó en un cartel que ése había sido el puerto militar de Knidos. A diferencia del otro lado, éste daba a mar abierto. Conforme Gerardo se acercaba al extremo, podía ver las olas que rompían cada vez con más fuerza contra las fortificaciones.

Llegó lo más lejos que pudo, hasta el borde de una muralla. Frente a él, los últimos resquicios de sol se perdían bajo la línea marítima. El cielo, entre púrpura y rosado, parecía la continuación del mar embravecido. Gerardo miró hacia abajo. Comprendió que si caía, la fuerza de las olas lo despedazaría contra las rocas. Cerró los ojos y aspiró profundamente la brisa marina.

Cuando volvió a abrirlos, encontró a su lado a Julia. No la había sentido llegar, quizá por la fuerza del viento. Ella también se había puesto al borde de la muralla. Sonreía.

—Es hermoso, ¿verdad? —dijo.

Gerardo asintió con la cabeza.

—Es lo más hermoso que he visto en mi vida —insistió ella.

Gerardo la miró. Primero a los párpados caídos, luego al cuello flácido, finalmente al pecho. Esta vez, le pareció un regazo acogedor. Y ella, toda ella, le pareció un remanso de paz. Posó la vista de nuevo en el horizonte.

—¿Te quieres sentar? —dijo al fin.

Ella accedió. Él la ayudó caballerosamente. Se sentaron uno junto al otro, en el borde del muro. Conforme el cielo se oscurecía, los vigilantes hacían sonar sus silbatos para avisar a los últimos turistas de que estaban cerrando. Gerardo y Julia no se inmutaron. Esperaban que viniesen a sacarlos. Él se aseguró de sentarse muy cerca de ella, para que se rozasen sus rodillas. La de Julia estaba caliente y suave, como un gato acurrucado sobre una chimenea.

Llorar es lo normal

Comienza con un grito. No. Comienza con una explosión. Un pequeño *big bang*. Un haz de luz inunda la habitación. Sofisticados aparatos electrónicos cuelgan de las paredes. La cama tiembla. Tres mujeres con batas azules se encaraman sobre el estómago de Patricia y le separan las piernas, como si la estuvieran violando. Gritan: «Venga, chata, empuja, tú puedes». Derraman un líquido oscuro entre sus piernas. Todo tiene cierto aire a misa negra intergaláctica.

Al lado de la cama, Nacho contempla la escena. Lleva unas babuchas, un mandil y un ridículo sombrero esterilizado. Se ve como un asistente de cocina. Súbitamente, el tiempo se detiene. Las imágenes comienzan a sucederse como fotos fijas en su retina. Primero, tres kilos de humanidad se escurren fuera del cuerpo de su mujer, como un Alien en miniatura. Después, el pequeño mamífero morado, cubierto de sangre y cosas, es recibido por una comadrona que lo levanta en brazos con sonrisa triunfal. Ahí, colgada por las piernecitas, la criatura parece un trofeo de caza o un conejo en el mercado.

Nacho descubre a su hijo. Lo había visto en ecografías, donde parecía un dibujo animado, una proyección de sus miedos en dos dimensiones. Lo había imaginado rellenando los innumerables pijamas, baberos y calzoncitos que sus amigos le han regalado. Pero ahora es de verdad. De carne y hueso. Y sangre y cosas.

Hasta el momento, la participación de Nacho ha sido completamente prescindible. En el parto y en la gestación. Su aporte se reduce a una semillita. Cinco minutos distraídos y un espermatozoide espabilado. Todo lo demás ha sido trabajo de Patricia, que ahora yace exhausta y pálida en la cama.

El bebé se echa a llorar. En la habitación, todas las mujeres celebran.

Nacho presiente que acaba de romperse mucho más que una placenta.

Los primeros días, duermen en la clínica. Ni Nacho ni Patricia tienen familia en Barcelona, pero sus amigos desfilan por la habitación llevando enormes ramos de flores. Las amigas consideran al pequeño un juguete nuevo. Le pellizcan los mofletes, le murmuran piropos. Dicen:

—Es igualito a su padre.

Cada vez que lo dicen, Nacho vuelve a examinar al habitante de la cuna: es cabezón y calvo, no tiene dientes y mide cincuenta centímetros. Nacho sonríe y da las gracias.

Los varones son distintos. Preguntan invariablemente por el parto y fingen escuchar con atención los detalles clínicos. Miran el reloj con disimulo y parten después de media hora, «para no molestar». Alguno al salir comenta en el oído de Nacho:

—Despídete de tu vida sexual.

Por orden médica, cuando los amigos se van, hay que deshacerse de las flores. Nacho las saca al pasillo, las cuenta y compara su número con el de otras habitaciones. Han recibido más ramos que la 406 pero menos que la 418. Una estadística floral le permite concluir que son medianamente populares. También cuenta la cantidad de veces que Patricia va al baño. Y las llamadas a enfermeras y cuidadoras.

Contar cosas le hace sentir seguro.

Pasan sus primeras noches como familia en camas separadas: el bebé en la cuna, Patricia en la cama y Nacho en un sofá. Duermen poco. A cualquier hora de la madrugada, los doctores entran, se ponen de pie en el centro de la habitación y empiezan a hablar. Elaboran diagnósticos y recomendaciones. Nacho no comprende la mayor parte de lo que dicen. Una mañana, pregunta en recepción si sale más caro que los doctores entren sólo de día. Le gusta que los problemas se arreglen con dinero. Eso significa que tienen solución.

La víspera de su partida, el doctor llega a medianoche. Lo escolta una enfermera que arrastra un aparato enorme, parecido a las armas de destrucción masiva que Nacho ha visto diagramadas en el periódico.

—Su hijo tiene la bilirrubina alta —sentencia el doctor—. Eso se cura con baños de luz.

La enfermera le quita la ropa al bebé, le calza un antifaz y lo coloca desnudo bajo la máquina, que es una lámpara de alta intensidad. Durante las seis horas siguientes, hasta el amanecer, el pequeño no deja de gritar, como si lo estuvieran aplastando contra el sol. Nacho siente que los gritos resuenan en el interior de su cabeza.

Huyendo del llanto, busca una sala de espera. Oye al bebé —o cree oírlo— hasta a tres plantas de distancia. Finalmente, encuentra un lugar apacible entre los consultorios de neumología, y se sienta con su computadora portátil y su módem satelital. Pasa las horas seleccionando fotos del recién nacido y enviándolas a listas colectivas del correo electrónico. En los mensajes, escribe «ya soy papá ☺».

Antes de apagar la máquina, recibe una respuesta. Es de su padre, que vive en Miami. Lleva años sin saber de él. Ni siquiera recordaba que tenía su correo. De todos modos, es su única familia. La tradición obliga a informarle de que tiene un nieto.

Además, el mensaje de su padre es amable. No está cargado de reproches ni insultos. Sólo dos líneas: «Lindo niño. Es igualito a mí».

Desde el día de su llegada a casa, el bebé no para de llorar.

Llora de día y de noche, con la cara roja y el labio inferior tembloroso. Llora si quiere que le cambien el pañal, mientras se lo cambian y después también, como si lo estuviesen despellejando. A veces parece calmarse, pero sólo toma aire y rompe a llorar de nuevo.

Nacho y Patricia tratan de calmarlo con el chupón, pero lo escupe. Patricia le coloca el pecho en la boca cada diez minutos, pero no es eso lo que quiere. No saben lo que quiere. No lo sabe ni él.

Con los nervios de punta, después de varias noches en blanco, Nacho resuelve pedir ayuda profesional. Pide cita con varios pediatras, y al final opta por el más caro. Su precio es tan alto que debe de ser infalible.

El día de la cita, la familia acude a un edificio modernista con largos pasillos. Desde el amplio ventanal de la sala de espera, se domina la iglesia del Tibidabo, iluminada en la cúspide del monte, como si flotase en la noche. El consultorio es una especie de despacho multinacional en versión pediatría. El doctor lleva una bata con botones en el hombro, como el uniforme de un chef. Los saluda afectuosamente, como si los conociera de toda la vida, y les hace todo tipo de preguntas. Algunas de ellas, a Nacho le parecen demasiado íntimas. A continuación, palpa al bebé, le pone un termómetro, le revisa los ojos y los oídos. Finalmente, sentencia:

—Los bebés son así. Lloran. Llorar es lo normal.

Por si acaso, le retira a Patricia los alimentos con lactosa.

Durante los siguientes días, el bebé no deja de llorar.

Las amigas de Patricia sugieren darle leche hidrolizada en biberones con escape de aire. Una prima segunda propone beber infusiones de anís antes de darle el pecho. Una tía carnal recomienda acostarlo boca abajo, pero su sobrina advierte que eso lo pone en riesgo de muerte súbita. Lo pones ahí y cinco minutos después fallece, dice. Según ella, la solución es que la madre deje de comer espárragos. Por sugerencias varias, Patricia deja también las alcachofas, el tomate, las cebollas crudas, la carne de vaca. A Nacho todo le parece un recetario de pociones mágicas.

Los desconocidos también opinan. Al ver a Nacho o Patricia con un bebé, la gente les habla por la calle, en el ascensor, en la cola de la farmacia. Todos los desconocidos saben qué hacer para que deje de llorar. La casa se llena de aparatos extravagantes: portachupones, calentadores de biberón, antimosquitos biodegradable. Paralelamente, en los rostros de Patricia y Nacho brotan ojeras moradas. Venas rojas les surcan los ojos.

Como ya han intentado todo lo que cuesta dinero, Nacho decide probar con la Seguridad Social. Trata de inscribir al niño en el centro de salud de su barrio, pero descubre que no conoce su propio número de tarjeta sanitaria.

—Todos los trabajadores tienen uno —le explica la recepcionista.

—¿Y es caro sacarlo?

—No cuesta nada. Pero tiene que ir a otra oficina.

—¿Hay otra?

En la otra oficina le explican que debe empadronarse en el ayuntamiento. Nacho siente que hasta ese momento, no ha existido para nadie. El país no ha notado su presencia. Deambula toda la mañana de un despacho a otro. Forma una cola que resulta ser la equivocada. Cuando consigue un número para la cola correcta, el padrón ya ha cerrado.

Vuelve a casa agotado. No es el único. Al llegar, encuentra a un despojo de Patricia, que yace exhausta sobre el sofá. Está despeinada, en bata, ofreciéndole al niño un pecho que él ataca con ardor.

A Nacho le parece que el bebé está devorándola poco a poco.

Para Nacho, el fin del permiso de paternidad es una liberación. Antes de salir de casa, se anuda su mejor corbata y sus zapatos más brillantes. Y antes de salir del baño, borra cuidadosamente la sonrisa de su rostro. No quiere parecer demasiado feliz ante Patricia. De todos modos, ella apenas nota su partida: está tratando de calmar al bebé.

Cuando llega a la oficina, hasta el perfume de los ambientadores del baño le huele a brisa fresca.

Los empleados reciben a Nacho con regalos para bebés: pijamas, baberos, calzoncitos. Todos lo felicitan y le sonríen. Han ampliado una foto del bebé, de las que él envió desde la clínica. La han enmarcado y colocado en su escritorio con un lazo rosado. En la imagen, el niño tiene la cara contraída, como si estuviese a punto de echarse a llorar. Su secretaria la escogió. Le pareció muy tierna.

—Un niño siempre es una bendición —opina la secretaria.

Nacho recuerda al bebé berreando a las cuatro de la mañana.

—¿Usted tiene muchos? —pregunta.

—Tres.

—¿Quiere uno más?

La secretaria no se ríe. Nadie más lo hace. Nacho comprende que no puede hacer bromas sobre el comportamiento de su hijo. Los niños son oficialmente buenos. Para los padres recientes, es obligatorio ser feliz.

A media mañana, Nacho se queda dormido en medio de una operación bursátil. Todas esas noches sin sueño le han dejado secuelas. A la hora de comer, ya ha bebido un litro de café. Le tiemblan las manos.

Su padre le envía un mensaje: «¿Vas a traer al niño a Miami?». Nacho siente que se ha vuelto transparente, invisible. Cuando la gente lo mira, en realidad ve al bebé. Ni siquiera al bebé real, sino al que quieren ver. Tiene ganas de decir: «Nunca». Pero sólo escribe: «¿Te gustaría?». Después de media hora, su padre responde: «TIENES que traerlo». Otra cosa más que Nacho TIENE que hacer.

Después del almuerzo, Patricia lo llama por teléfono. Ya lo ha llamado tres veces y él no ha contestado. Esta vez, aprieta el botón con un suspiro:

—¿Vas a tardar? —pregunta ella. Suena desesperada.

—¿Cómo está él?

Al fondo de la línea, se oyen los alaridos del bebé. Nacho calcula por el eco y la distancia que Patricia se ha encerrado en el baño.

—¿Crees que seamos capaces? —pregunta ella.

—¿De qué?

—De esto. El niño y todo esto. ¿Crees que estemos listos?

—Sí —miente él—. Por supuesto que sí.

Esa tarde, al volver a casa, Nacho toma la Diagonal. A esa hora, es el camino más largo y congestionado que se le ocurre. En ciertos tramos, avanza a un metro por minuto. Pero dentro del coche hay aire acondicionado y música de Schubert.

Gastan la mitad de su sueldo en contratar ayuda. Viene una chica filipina las mañanas de los martes y jueves, y otra ecuatoriana las tardes de los demás días, y una enfermera especializada cuatro noches por semana. La enfermera es una señora peruana, como Nacho. Cada vez que llega, lo abraza y le estampa dos sonoros besos:

—Es importante encontrar peruanos lejos de casa —dice.

Nacho pensaba que su casa era ésta. Hasta se le haría difícil situar el Perú en un mapa. Pero recibe sus abrazos con resignación y silencio.

Cuando está presente el personal de servicio, el niño no llora. Sonríe, juega, se muestra relajado y feliz, como los niños de los anuncios publicitarios. Ni siquiera tiene cólicos. Cuando está con sus padres, en cambio, no calla. Las noches sin enfermera siguen siendo una tortura. El bebé se retuerce, se pone rojo, presa de un gran dolor, implora. Pero luego, en cuanto llega cualquiera de las empleadas, se calma milagrosamente. Durante las entrevistas de selección, Patricia les advirtió a todas que el niño era difícil y rebelde. Y sin embargo, las tres lo encuentran encantador y dócil. Dicen que nunca habían visto a un niño tan tranquilo.

Patricia asegura:

—Es una trampa del niño. Quiere que la gente crea que estamos locos.

Más pragmático, Nacho le pregunta a la enfermera nocturna qué hace para mantenerlo en silencio. Cómo consigue dormirlo. Ella responde:

—Le ruego a Dios.

Durante la noche, Patricia está rendida y sólo quiere dormir. Pero Nacho pega la oreja a la puerta del salón para espiar a la enfermera. Primero, escucha el sonido de los trastos en la cocina. Huele a fritura. Después de una hora, oye ronquidos. El niño no molesta, ni siquiera se despierta. Al día siguiente, faltan dos hamburguesas en la nevera, y una mancha de babas decora el cojín del sofá. Son babas de adulto.

Decide vigilar personalmente a la enfermera. Ella no se ofende. Al contrario, lo agradece: «Entre peruanos nos acompañamos», comenta. Como hace calor, sacan la cuna a la terraza y se sientan a ambos lados. Es la Noche de San Juan, y el cielo está iluminado de fuegos artificiales. Frente a ellos, entre las casas del Eixample, sobresale un edificio en forma de pene, recorrido por luces rojas y azules, como venitas. A su alrededor, los fuegos artificiales parecen una ceremonia de adoración genital. Nacho se siente incómodo, porque fueron sus genitales los que lo metieron en todos sus problemas actuales.

La enfermera habla sin parar de Perú. Nacho finge escucharla.

—Yo soy de Chimbote. Nada es tan lindo como Chimbote.

—Ya.

Las bengalas tiñen el cielo de verde y rojo.

—Aquí las familias son muy frías. Los peruanos somos más cariñosos.

—Claro.

—Además, no tengo amigos. Sólo tengo a Dios.

—Ajá.

Una lluvia dorada explota en la noche.

—Hoy es mi cumpleaños.

—¿En serio?

Nacho se conmueve. Se siente obligado a regalarle a la enfermera un bizcochito y una copa de vino. Le canta un desangelado *Feliz cumpleaños*. Luego guardan silencio, bebiendo y observando los castillos de luz. Después de la cuarta copa, Nacho se queda dormido en el sofá.

Cuando despierta, son las ocho y la enfermera ya se ha ido. Mientras se prepara el desayuno, descubre que faltan de la cocina un paquete de arroz, uno de tallarines y tres huevos.

Como una alarma despertadora, los aullidos del bebé comienzan a sonar.

—¿Crees que la enfermera lo esté drogando?

Patricia hace la pregunta a gritos, para sobreponerse a los alaridos del niño. Lo están paseando por la calle Gaudí para ver si se duerme, pero no se calma. Al contrario. El carrito suena como una ambulancia en miniatura.

—¿Drogando?

—Quizá le administre un narcótico o un tranquilizante. ¿Yo qué sé?

—El niño no traga pastillas.

—Puede dárselo en gotas, con el biberón.

Patricia abre ansiosamente sus ojos rojos. Tiene las uñas mordidas, y el maquillaje de su cara está ligeramente corrido en un lado, dándole un toque perturbado a su expresión. Nacho quiere sentarse a tomar algo para relajarse, pero todas las terrazas están llenas de turistas.

—¿No estás un poco paranoica?

—¿Te parezco paranoica porque me preocupo por tu hijo?

Nacho conoce ese tono de voz. Cuando ella lo usa, él siempre pregunta «¿qué te pasa?» y la respuesta es «nada». Eso significa que pasa algo. Nacho procura ahorrarse ese trámite.

—No quiero decir eso.

—¡Podrías preocuparte tú también, que te pasas el día fuera!

Algunos de los turistas de las terrazas voltean a verlos. Nacho trata de acelerar el paso. El bebé llora más fuerte.

—¿Qué pasa? —grita ahora Patricia—. ¿No quieres hablarme? ¿Quieres ir a casa y encerrarme ahí? ¿Te avergüenzas de mí?

La escena es sólo el primer aviso. Los nervios de Patricia empeoran con el tiempo. Habla sola. Acusa a las empleadas de hablar de ella a sus espaldas y conspirar. Cuando llega la enfermera de noche, esconde la comida en la lavadora. La empleada filipina es sustituida por una búlgara y luego por una rumana, en busca de la mejor nacionalidad para cuidar del niño. Las amigas de Patricia también dictan consejos sobre de dónde deberían ser las nanas. De todos modos, a estas alturas, Patricia tampoco confía en sus amigas.

Si Nacho trata de discutir los arrebatos de su esposa, es acusado de abandonar a su familia. De desinterés. De machismo. De adulterio. Episodios olvidados de su pasado vuelven en la boca de Patricia con un sentido totalmente inesperado:

—¡Dijiste que no tendrías niños ni muerto! ¡Lo dijiste!

—Era una broma. Y cuando dije eso ni siquiera estábamos casados. Ni siquiera salíamos juntos.

—¡Lo dijiste y ahora quieres disimularlo!

—Patricia, no llores.

Cuando duermen juntos, Patricia despierta a Nacho a empujones:

—Anda a ver a tu hijo.

—Está la enfermera.

—Por eso. Anda a ver que todo esté bien.

—Tú no estás bien.

—¿*Bien* quiere decir *como tú*? ¿Estaría bien si no me importase nada el niño? ¿Eso quieres decir?

Las discusiones son como laberintos sin salida. Y pueden consumir horas enteras.

Nacho empieza a dormir en el sofá. Cuando viene la enfermera nocturna, ella cocina alguna cosa para los dos y comen en la terraza. Hablan del Perú y contemplan el edificio-pene, como una erección de la ciudad. Luego, antes de dormir, ella lo arropa en el sofá y le hace rezar una oración:

—Pídale ayuda a Dios para que su niño esté sano y su matrimonio se arregle.

—¿Dios puede hacer eso? —pregunta Nacho—. ¿Y cuál es su tarifa?

Las temperaturas suben. El bebé se siente incómodo y pegajoso, incluso en el pecho de su madre. Se inquieta. Grita más. Patricia también. Nacho cuenta los gritos de los dos y dibuja gráficas de tendencias: el niño aún tiene ventaja, pero Patricia va recortando diferencias.

Cuando salen a pasear, Patricia le pone al niño medias, sombrilla y la capota del carrito. Teme que coja un resfriado. O que le dé el sol. O que alguien le caiga encima. En respuesta, el bebé suda y llora. Pero Nacho avanza junto a su familia sin sentir nada. Ha entrado en una especie de animación suspendida. La vida a su alrededor choca contra su cuerpo y rebota, sin penetrar.

—Estoy horrible, ¿verdad? —dice Patricia una noche, mirándose en el espejo del baño—. Tengo las tetas caídas y la barriga flácida.

—Estás hermosa —dice Nacho, soltando el cortaúñas para mostrar convicción—. Como siempre.

Para certificar sus palabras, la besa en el cuello. Desde su perspectiva, aprecia los pechos de Patricia. No están caídos. Al contrario, están macizos y redondos, y entre ellos se ha marcado un surco, como un canal, que resalta su forma y tamaño. En el calzoncillo de Nacho se abre paso una erección, que Patricia recibe con aprecio.

Se acuestan. Se tocan. Nacho ya ha olvidado cómo funcionaba la anatomía de su esposa. La última vez que entró en ella, una barriga se interponía entre los dos. Ahora, percibe rápidamente la humedad entre sus piernas. Se desabrocha el pantalón. Se abre la camisa. Le quita a ella el sostén para madres lactantes, que tiene agujeros en las puntas, y le retira las pezoneras de algodón. Los pechos, rebosantes de leche, tienen la textura de dos surtidores forrados en piel.

Nacho se quita el pantalón con torpes forcejeos. Cuando al fin lo logra, los interrumpe el llanto del niño, repentino y fulminante, como un latigazo en la libido.

Nacho se levanta y se acerca a la cuna. Se detiene unos segundos a mirar a su retoño. El niño está gritando con los ojos cerrados, las manos abiertas y todo su cuerpo en nervioso movimiento. Sendas lágrimas recorren sus mejillas, hasta el cuello, dándole brillo a su rostro. A veces, se atora con su propio llanto. Nacho levanta bruscamente al pequeño. Le dice:

—¡Ya cállate!

Es más un ruego que una orden. Pero al hacerlo, el pequeño resbala de sus brazos.

Lo que sigue es un instante de terror, una lucha entre la velocidad de las manos y la ley de gravedad. Una vez más, a Nacho le parece que todo ocurre en cámara lenta: la precipitación hacia el suelo. La caída del babero, doblado en tres partes. Y el golpe seco, como una roca contra otra.

Tras un breve silencio, comienzan los alaridos. Los del niño. Y los de Patricia.

—¡Lo odias! ¡Lo odias!

—No sé cómo pasó, Patricia, yo...

Ella corre hacia el niño, aunque grita hacia Nacho.

—¡Fuera, fuera de esta casa! ¡No quiero verte!

—No ha sido mi culpa...

—¡Fuera!

Mientras Nacho se abrocha el pantalón y se pone la camisa, el niño sigue llorando en el suelo, entre grandes sacudidas, como un epiléptico. Patricia está arrodillada a su lado, acariciándole la cabeza, sin levantarlo:

—No te enfades —le suplica al bebé—. ¿Quieres leche? ¿O dar un paseo? ¿Quieres que te ponga la televisión?

No le gustan los hoteles. Los decorados impersonales, los jabones en frasco, las sonrisas de los recepcionistas. Le gusta que las llaves sean tarjetas, como si uno durmiese en el cajero automático. Pero todo lo demás le parece triste. La última vez que pasó la noche en un hotel, las ventanas de la habitación estaban selladas. No pudo evitar la sensación de dormir en una cápsula a prueba de suicidas. Apenas concilió el sueño.

Busca algo que le resulte más familiar. Que reproduzca el calor de hogar. Sólo se le ocurre dormir en la oficina.

El edificio lo recibe con la paz de los sepulcros. Antes de ingresar, observa el barrio lleno de edificios iguales. Se siente seguro, rodeado de una atmósfera acogedora. Mientras el ascensor asciende, escucha con atención todos los sonidos que le pasan desapercibidos durante el trajín del día: el runrún blanco del motor, la campanilla de llegada, el ruido amortiguado de las puertas al abrirse. Empieza a apreciarlo todo, como si lo oyese por primera vez.

Al entrar en su empresa, un enorme bulto lo recibe en el sofá de la recepción. Nacho cree que es un desecho del mobiliario. Pero al encender la luz, descubre que es su secretaria. Ella abre los ojos con la misma cara que tiene al mediodía, sin legañas, como si lo esperase:

—Buenas noches. ¿Le llevo un café?

—¿Usted duerme aquí?

—No siempre. Hoy es que hay mucho trabajo.

—¿Y sus hijos?

—Ellos no trabajan.

—Claro.

Nacho pasa ahí las siguientes noches. Para dormir, junta dos sofás de la sala de reuniones. Cuando sufre ataques de insomnio, llama a la secretaria y trabajan un poco de madrugada, entre las luces mortecinas y la máquina de café.

—¿Su familia no la echa de menos? —le pregunta.

—Para nada. Paso dos tardes por semana y dejo la ropa y la casa limpias.

—¿En sólo dos tardes?

—Soy muy organizada.

Como ella habla poco, Nacho le escribe a su padre, que responde puntualmente con mensajes de una o dos líneas. A veces llama a Patricia. Pero una empleada le contesta siempre que su esposa se está duchando, que no puede ponerse al teléfono. Nacho cuenta escrupulosamente las duchas. El cuarto día, Patricia llega a tomar dieciséis baños, según la ecuatoriana.

Cada vez más, Nacho trabaja de noche y duerme de día. Empieza a descuidarse. No se afeita. Lleva puesta la misma camisa durante una semana, hasta que comienza a oler. Pone a secar su ropa interior en el fregadero del baño de ejecutivos. Y atiende a los clientes en pantuflas. Una mañana, su jefe le hace una visita. Nacho lo recibe jugando solitario en la computadora. El jefe lleva en la mano una taza de café que dice JEFE, como si fuese una insignia. Sin embargo, trata de ser cordial y amistoso:

—¿Cómo está el niño?

—Bien —contesta Nacho, sobre todo por decir algo—. Está muy bien.

El jefe se fija en el portalápices. Todos los lápices están mordidos. Los bolígrafos también. Sonríe con amabilidad.

—¿Cómo se llama tu hijo?

Nacho hace un esfuerzo por recordarlo. Al final, sin mucha seguridad, dice:

—Está muy bien, de verdad.

—Ya. Queremos darte unas vacaciones.

—No hacen falta.

—Para que estés con tu familia. Uno necesita tiempo para asimilar los cambios.

—No hacen falta.

El jefe bebe un largo trago de su taza de JEFE. Su pie patea algo bajo el escritorio. Se agacha para recogerlo. Es un cajón de plástico lleno de arena. Pesa como tres kilos. El jefe lo levanta y lo coloca sobre la mesa, con mirada inquisitiva.

—Para los gatos —explica Nacho tranquilamente—. Son animales muy limpios.

Tras abandonar el edificio, Nacho deambula por la playa. Recuerda que no se ha despedido de su secretaria. A través de su Blackberry le compra un ramo de lirios y se lo hace enviar. También compra una sonaja en forma de vaca para el bebé. Después de eso, revisa el saldo de su cuenta bancaria. Le sorprende la cantidad de dinero que le queda. Nunca será capaz de gastar todo eso. Encarga otra sonaja en forma de vaca y otro ramo de flores, que envía al jefe. Y compra un pasaje aéreo de clase ejecutiva. Para esa misma noche.

Con la reserva del vuelo, llama por teléfono:

—¿Aló?

—¿Papá?

—¿Nacho?

—Voy a hacerte una visita.

—¿Por qué?

—Porque no tengo a dónde ir.

Le responde un rumor de fondo. Su padre ha cubierto el auricular con la mano y habla con alguien. A lo mejor, su esposa. A Nacho le parece que transcurre un tiempo interminable, pero no está seguro. Al fin, su padre vuelve a hablar.

—¿Traes a mi nieto?

—Necesito que me digas tu dirección. Para el taxista.

—Si traes a mi nieto, iré a buscarte al aeropuerto.

Nacho anota la dirección. Es algo con Coral o Drive o Sunset. En Miami todo tiene nombre de loción bronceadora.

En el avión, se sienta a su lado un americano de unos cincuenta años que bebe whisky a lo largo de todo el trayecto. Se sirve de su propia petaca, una botellita metálica con un águila grabada. De vez en cuando, le ofrece un trago a Nacho.

—No, gracias —responde él.

—No estarás bebiendo la porquería que sirven en los aviones —reprocha el americano. Habla ese español con acento unánime de Miami—. Ese brebaje podría matarte.

Nacho se encoge de hombros. El otro no se da por vencido.

—Yo bebía whisky corriente —sigue diciendo—. Una noche, bebí demasiado: como una botella entera. Estaba en una fiesta, en un décimo piso con balcón. El décimo. Frente al océano. Desde el balcón se veía el reflejo del edificio, de todo el malecón, en la oscuridad del mar. Parecía que Miami era la Atlántida. Y yo bebiendo whisky, whisky, pim, pam, pum. Sin parar. Una de esas fiestas con todo, ¿no? Ya sabes. —Le guiña el ojo a Nacho, le da un codazo cómplice—.

198

A las tres de la mañana, llega la policía. Entran al departamento. «Todos al suelo». «A ver sus documentos». En América todo parece una serie de acción. Y yo en el balcón, ¿no? Ya sabes. Los policías reducen a los invitados del salón y se me acercan. Gritan cosas, que si sí, que si no. Me apuntan con fusiles. Llevan miras infrarrojas en los cascos. Yo no digo nada. Me quedo mirando el edificio amarillo reflejado en el agua negra, y me parece que me espera otro mundo bajo el mar. Una Atlántida, con sirenas y sin policías. Así que salto al vacío.

El americano mira a Nacho para constatar su reacción. Nacho no emite ninguna señal de haber comprendido. El americano continúa:

—Un décimo piso. Pero yo, pim, pam, pum, salto. Qué coño, chico. Hasta abajo. Voy precipitándome, los pisos se suceden ante mis ojos: el nueve, el siete, el cinco, ¿y sabes qué pienso mientras tanto? «Hasta ahora, todo bien. Hasta ahora, no pasa nada». Yo, tratando de ser positivo, ¿no? «Ante todo, mucha calma». Así que sigo cayendo, hasta dar contra las hojas de unas palmeras. Siento los arañazos, como una manada de gatos contra mis costillas. Una rama se me mete en el ojo. Creo que voy a matarme. Pero sigo cayendo, sólo que más lento. Entonces me doy contra unos cables del teléfono del malecón. Siento un tirón. Y reboto. Durante unos segundos, me parece que regreso hacia arriba. Creo que volveré a ver todos los pisos, esta vez de abajo arriba. Pero no. Al final, caigo al mar. Splassssh. —Un rocío de saliva alcanza a Nacho, como si fuera el verdadero chapoteo del océano—. El chapuzón me espabila. Palpo mi cuerpo, mis rodillas, mis huesos. Estoy intacto. Me muevo sin dolor. Salgo de ahí nadando. En una esquina, tomo un taxi a mi casa. Y eso es todo. Volví a nacer, chico. Después de eso, ya no bebo whisky corriente. Destilo mi propio whisky, en mi casa. Pim, pam, pum.

Nacho se imagina cayendo, cayendo, pero siente que nunca llega a tocar el suelo.

Durante el vuelo, sufre un sueño intermitente, que se confunde con la vigilia. En los lapsos de consciencia, trata de recordar la última vez que durmió de un tirón, a pierna suelta. No lo consigue. Trata de recordar algo, cualquier otra cosa. Todo está en blanco. Con cada metro que avanza hacia América, se aligera el peso de su memoria, hasta que se borra por completo. Su llegada a Miami será como la apertura de una cuenta corriente. Como una línea de crédito, su vida comienza desde cero cada cierto tiempo.

Al amanecer, a pesar de haber dormido mal, se siente liberado. Antes del aterrizaje, contempla desde su ventanilla el paisaje de Florida, el escenario de su futura existencia: verde tropical y mucha agua. Mar, pantanos, piscinas.

—Desde aquí podría tirarse —le comenta a su vecino de butaca—, como desde su balcón. Caería en líquido otra vez. Se volvería a salvar.

El vecino no le responde. Tampoco se mueve. Podría estar dormido, de no ser porque tiene los ojos abiertos.

—Llegas tarde —saluda su padre—. ¿Se atrasó el vuelo?

Nacho recuerda el desbarajuste en el avión. La camilla en la cabina de la clase ejecutiva. Las preguntas de la policía. Las dudas ante su pasaporte. Las preguntas —difíciles de contestar— sobre las razones de su viaje. El diagnóstico forense del occiso: «Deceso debido a intoxicación por ingesta de bebidas alcohólicas adulteradas». La recomendación de las autoridades: no abandone la ciudad sin comunicarse con nosotros.

—Sí —responde.

Su padre vive en medio de la nada. El taxista le juró a Nacho que hay más casas en los alrededores, pero no pudo enseñarle concretamente ninguna. Sólo autopistas, interrumpidas en algunos cruces por centros comerciales y gasolineras. Tampoco ha visto seres humanos. Únicamente automóviles, como fieras de metal, merodeando por las autovías desiertas, en busca de alguna presa.

La esposa de su padre, Wendy, es más o menos de la edad de Nacho, pero ocupa la mitad de su tamaño. Tiene una voz delgada, como de pajarito. Le ofrece un vaso de agua y lo conduce a su dormitorio. La casa es grande, tiene dos pisos, y está decorada al milímetro, toda con miniaturas: hay soldaditos de plomo a lo largo de la escalera, y carritos Mattel en el pasillo. Hay dedales en el salón. Y relojes de arena en la cocina. No queda un solo espacio vacío.

El dormitorio de Nacho ha sido concebido para niños. Tiene muñecos de peluche regados por la alfombra, una Playstation y un cubrecama de los X-Men.

—Tu papá dice que así, el cuarto queda listo para cuando lo ocupe su nieto —explica Wendy.

Nacho deja su vaso de agua sobre una cómoda. Como una exhalación, Wendy se lleva el vaso. Vuelve a traerlo segundos después, pegado a un posavasos, y lo devuelve a la cómoda. Nacho reúne los muñecos de peluche y los mete en el armario. Tira su ropa encima de la cama. Y va a darse una ducha. Cuando vuelve, los muñecos han recuperado su lugar en la alfombra y la ropa está metida en los cajones.

—Para que no se desordene la habitación —explica Wendy, saliendo de la nada.

Nacho baja al salón a conversar. Padece jet lag. Todo a su alrededor —la autopista, la casa, Wendy— padece jet lag. Saca un paquete de cigarrillos. Ha decidido que en su nueva vida fumará. Le ofrece uno a su padre. Cuando va a ofrecerle otro a Wendy, descubre en ella una mirada de pánico. Se está comiendo las uñas, y aunque no dice nada, mira a su padre con angustia.

—No puedes fumar aquí —dice el padre.

—Entiendo. ¿Puedo salir a caminar un poco?

—No hay veredas. No hay calles.

—Claro.

Permanecen en silencio un largo rato. Nacho, que no ha llevado equipaje, lleva puesta ropa de su padre. Parece un reflejo deformado de él, como los de las salas de espejos en los parques de atracciones. Se miran los pies. No mutuamente. Cada uno mira sus propios pies.

—¿Has traído fotos de mi nieto? —dice el padre al fin.

—No.

—Ajá.

Otro lapso de tiempo gotea lentamente. Nacho cuenta las palomitas de artesanía que cubren una mesa en el rincón. Después, vuelve a intentar alguna forma de comunicación:

—Murió un hombre en el avión.

—Mmm —dice el padre.

—Los aviones son muy inseguros —confirma Wendy.

Por la tarde, montan en el viejo Chevrolet del padre: un vehículo casi tan grande como la casa. Durante una hora, atraviesan lo que a Nacho le parece una jungla tropical, una extensión inhóspita, inundada y habitada por caimanes que su padre llama «mi barrio». Hasta que llegan a una enorme mansión.

En el patio delantero se realiza una venta de garage. La vendedora es una mujer negra. Sus tres hijos adolescentes, armados con bates de béisbol, vigilan a los compradores que deambulan entre los sillones, televisores, camas, discos de vinilo, marcos de ventanas, juguetes, frazadas, latas de conservas, latas de café, platos, vasos, ropa.

—¿Creen que haya miniaturas? —pregunta Wendy mientras revuelve frenéticamente entre los electrodomésticos.

Nacho pregunta por el baño. De mala gana, la mujer le señala la puerta del inmueble. No lo acompaña. Nacho se interna en la casa a solas. Antes de cruzar el umbral, la mansión le parece lúgubre. Le recuerda a la de la película *Psicosis*. En el interior, simplemente, no hay nada. Ni siquiera cortinas o bombillos en los techos. Ni la barandilla de la escalera. Oyendo el eco de sus pasos, Nacho recorre la planta baja y empuja puertas sin cerraduras de habitaciones vacías. La última de ellas es un baño. O al menos lo era. Las baldosas han sido despegadas de las paredes. El váter ha sido arrancado del suelo. No hay fregadero.

Cuando sale de la casa, Wendy y su padre lo están esperando en el Chevrolet. Han comprado un juego de muñecas rusas, que ella le enseña sonriendo desde la ventanilla. En el camino al coche, Nacho tropieza con el váter y un tramo de la barandilla de la escalera. Tienen pegados sendos carteles que marcan $30 y $25.

Nacho lleva la vejiga llena y la camisa empapada en sudor. Durante el regreso, su espalda se pega en los tapices. Además, los mosquitos le han devorado los brazos. La radio transmite música country. Nacho no puede contenerse más. Durante unos segundos, trata de mantenerse en silencio. Al final, como si vomitase, pregunta:

—¿Cómo pueden vivir aquí?

Wendy deja de jugar con sus muñecas rusas. No voltea a verlo. Intercambia miradas con su padre. Finalmente responde:

—¿Cómo dices?

—Este lugar es horrible —protesta Nacho—. Esta vida es horrible.

Durante unos segundos, no hay respuesta. Luego, el padre le dice a su mujer:

—Te lo dije. Te dije que sería así.

Imperceptiblemente al principio, ostensiblemente después, Wendy solloza. Aunque no dice una palabra, sus sonoros sorbetones nasales resuenan en el espacioso interior del Chevrolet, eclipsando la música country.

—Lo siento, Wendy —dice Nacho—. No quería...

Ella no responde. Toma un clínex de la guantera y se cubre la cara entera con él. El padre de Nacho detiene el coche. Se baja y abre la puerta de atrás. El hijo comprende que es una invitación a descender. Se pregunta si su padre va a golpearlo. Aún es un hombre robusto.

Se miran, de pie en medio de la nada. A su alrededor, sólo hay verde. Sobre sus cabezas, gordas nubes grises se resisten a llover, como si el cielo fuese un trapo sucio y arrugado. El padre le vuelve la espalda a Nacho y mira al suelo. Patea una piedrecita. En su voz timbra una ira contenida y lenta.

—¿Para qué has venido, en primer lugar?

—¡Para estar contigo! ¡Para hablar!

—O. K., habla. ¿Qué quieres decir?

Desde el interior del vehículo, les llega un gemido de Wendy. Nacho no consigue articular nada. Desde un árbol, una iguana los observa con perezosa curiosidad.

Pasa el tiempo. Pasan siglos. Nacho trata de decir algo. En su cabeza se acumulan las imágenes. El bebé. El hospital. La taza que dice JEFE.

El americano del avión. Todo eso debe de querer decir algo. Debe de tener algún significado.

Impaciente, su padre vuelve a entrar en el auto. Nacho escucha sus esfuerzos por calmar a Wendy. Le canta canciones en voz muy baja, le acaricia el pelo. Por momentos, le habla con una voz infantil, como si fuera una niña muy pequeña. Poco a poco, la respiración de Wendy adquiere un ritmo normal. Sus sorbetones amainan. Deja de gemir.

Cuando Wendy ya no emite ningún sonido, el auto arranca.

—¿Hola?

—Patricia...

—¿Nacho? ¿Dónde estás?

Nacho mira a su alrededor. Las nubes grises continúan acumulándose sobre su cabeza. Una lagartija corretea cerca de sus pies, y luego se queda paralizada. La Blackberry anuncia que está a punto de quedarse sin batería.

—Yo...

—El niño no ha hecho más que llorar desde que te fuiste. Te echa de menos, ¿sabes?

Por la resonancia de su voz, Nacho deduce que está en el baño.

—Yo... he contado los minutos lejos de ustedes. Han sido 10.342.

—¿De verdad los has contado?

Patricia produce un sonido indeterminado, entre un lloro y una carcajada. Un ave negra sobrevuela a Nacho. Quizá un cuervo o un gallinazo. Nacho no sabe qué pájaros hay en Florida.

—Te quiero. Te quiero mucho —dice él.

—Ven y dímelo aquí. Tengo que verte. El bebé tiene que verte.

—Claro que sí, amor. Claro que sí.

Nacho escucha los gritos del niño a través de las paredes del baño. A través de la línea telefónica. A través del océano. Pero esta vez, no se angustia ni se molesta. Todo lo contrario. En sus oídos, el llanto suena como una canción acogedora, como una nana que invita a soñar.

Mariposas clavadas con alfileres

Uno se acostumbra a cualquier cosa. Yo me estoy acostumbrando a que mis amigos se suiciden.

Primero fue el Gordo Reboiras, con su cara redonda de bebé de sesenta kilos. El Gordo era mi compañero de no jugar al fútbol en el colegio. Nos pasábamos los recreos sentados junto a las canchas viendo jugar a todos los demás. A veces nos agachábamos para esquivar los pelotazos que se escapaban del partido. El Gordo siempre se llevaba la peor parte, porque era un blanco más amplio. Nunca hablamos mucho.

Una vez, al salir de clases, el Gordo me invitó a su casa para ver su colección de mariposas. Eran mariposas muertas, clavadas con alfileres a una tela negra en una caja de madera y cristal. Tenía muchas, desde enormes polillas hasta pequeñas tropicales azules. Su padre coleccionaba animales más grandes, porque era cazador. En el salón de la casa había cabezas de osos, alces y hasta un tigre, pero el tigre lo había comprado, según confesó el Gordo. Tenía armas largas en un escaparate. Fusiles y esas cosas.

Esa tarde jugamos Pac-Man y comimos galletas con leche. Luego me dejó mirar a su hermana tomando el sol en la piscina. Me dijo que su hermana estaba muy buena y me dejaría verla gratis. Era buena gente, el Gordo. Quise decirle que la había pasado bien en su casa, pero nunca llegamos a hablar mucho.

Un viernes le llevé al colegio una historieta de los Masters of the Universe para que viese cómo se parecía a Ran-man. Eran igualitos. Pero el Gordo no asistió a clases ese día.

El lunes siguiente, después de cantar el himno del colegio y el del Perú, un cura anunció ante todo el colegio que el Gordo había fallecido accidentalmente. Nos pidió rezar, pero yo no recé, porque el Gordo Reboiras se iba a ir segurito al infierno por mostrarme a su hermana.

Cuando le pregunté al cura qué había pasado, me dijo que el Gordo se había accidentado limpiando una de las armas de su papá. Me pareció verosímil, pero ahora me pregunto cómo es que el señor Reboiras había puesto a su hijo de once años a limpiar los fusiles de caza. Yo creo que el Gordo se mató nomás, aunque quizá no lo había planeado. Esas cosas pasan.

Pocos años después me hice amigo de Julián. Teníamos quince años pero él había vivido como si tuviese cuarenta. Sus problemas de drogas lo obligaron a repetir segundo de secundaria. En tercero, lo expulsaron del colegio por insultar a la madre del director. Eso fue bueno para nosotros. Como ya no era alumno, podía pasar a visitarnos con botellas de pisco y ron que bebíamos a escondidas en los recreos, ocultos detrás del laboratorio de Biología.

Cuando llegamos a cuarto, Julián estaba completamente intoxicado y trataba de venderles marihuana a los niños de diez años en la salida del colegio. Logró mantenerse fuera del reformatorio, pero eso les costó a sus padres todos los ahorros que habían guardado para la casita en la playa. Y se lo gastaron sólo en sobornos a funcionarios. Además de eso, pensaban en internar a Julián en Paz Eterna, una asociación de desintoxicación que, según se supo años después, maltrataba a sus pacientes. En algún caso, el director llegó a violar a menores internos. Eso no se sabía cuando los padres de mi amigo pensaban en meterlo ahí. Afortunadamente (y justo a tiempo), Julián se enamoró de Mili, y casi de inmediato, se reformó.

Mili era una pecosa de ojos claros. Tenía cara de pastel de manzana. No estaba tan buena como la hermana del Gordo Reboiras, pero era graciosita. Y le salvó la vida a Julián. Desde que empezó a salir con ella, no compró más marihuana ni coca ni nada. Empezó a hacer deportes y a acompañar a Mili a su casa por las noches. Yo creo que los dos perdieron la virginidad ahí. Debió de ser lindo. Mili y Julián, reformándose.

Después de salir juntos durante dos años, Mili abandonó a Julián. Parece que se largó con Luchito Cárdenas, que era un huevonazo. El mismo día en que ella lo dejó, Julián llamó por teléfono al Chato Cabieses (¿o fue al Negro Espichán?) y le dijo que lo quería mucho, hermano, y que lo iba a extrañar. El Chato (o el Negro) no entendió nada pero se preocupó.

Corrió a casa de Julián y tocó la puerta. Le abrió la mamá. Desde abajo se oía a Iron Maiden a todo volumen en el cuarto. La mamá le pidió al Chato que Julián bajara la música. El Chato subió corriendo las escaleras y trató de entrar al dormitorio, pero la puerta estaba cerrada con llave. Tocó y gritó y llamó. Julián no respondía. El Chato bajó a decirle a la mamá que abriese la puerta. Ella buscó la llave en un cajón de su dormitorio. No la encontró. Llamó a su esposo. Él le gritó que no sabía controlar a Julián, que todo era culpa suya, que había criado a su hijo muy mal.

A todo esto, el Chato seguía tocando la puerta de nuestro amigo. Cuando sonó el disparo, quiso que fuese un redoble de Iron Maiden.

A Julián lo velaron con sombrero para que no se notase el agujero de su cabeza. La madre lloraba más que el padre, pero creo que eso es normal. El día del entierro, el Negro Espichán quería ser el primero en llegar. Se puso tan pesado que le dije: «Tranquilo, Negro, Julián no se va a mover de donde está». Pero no le dio risa.

Al año siguiente entré en la universidad. Debí de pasar todo el primer año de estudios muy borracho, porque recuerdo pocas cosas. Era 1992, hubo un golpe de Estado y había un bar frente a la facultad. El Leo's. Yo tenía muchos amigos y todos iban al Leo's. Ahí estaba el Babas. El Babas había salido del colegio conmigo, pero no lo había podido superar. Era de los que recordaba con nostalgia «los viejos tiempos» de un año antes, lloraba por haber dejado el colegio y cantaba el himno escolar cuando estaba borracho, y también cuando estaba sobrio, lo que ocurría con menos frecuencia. Por su ingreso a la universidad le habían regalado un auto.

No sé si debo contar al Babas en la lista, porque no se suicidó como los demás. Aunque quizá sí. Siempre conducía tan rápido —y tan borracho— que todos sabíamos que un día le iba a pasar algo. Hasta que le pasó: se estrelló contra un árbol al lado del Olivar de San Isidro. Iban con él Kike Frisancho —que se rompió un brazo—, Mario y Jimena, que sólo sufrieron lesiones menores. El único que salió del accidente en coma fue el Babas.

Sus amigos nos pasamos varios días reunidos en la puerta del hospital, esperando alguna noticia y tratando de hacer algo cuando no había nada que hacer. Estábamos tan aburridos que subíamos a su cuarto subrepticiamente para verlo conectado a los respiradores y luego bajábamos a contárselo a los demás. Al quinto día, su padre consiguió volver de Inglaterra, donde vivía, para dar orden de apagar las máquinas. El Babas no podía seguir ahí conectado indefinidamente. Todos comprendimos.

Al Babas lo enterraron con un traje negro que le quedaba grande y con una bola de algodón en la boca cuyas hebras se le escapaban entre los labios. Tenía una corbata de seda, seguramente de su padre.

Ese día no conté chistes.

Después de lo del Babas, dejamos de beber como dos días. Luego todo volvió a la normalidad. El resto de mis estudios de Letras fue monótono pero entretenido. Al acabar los estudios generales, entré a estudiar Lingüística. Yo quería estudiar Literatura, pero los de Literatura siempre estaban diciendo cosas incomprensibles sobre libros extraños. A los de Lingüística, al menos, no los había oído nunca porque eran muy pocos.

Recién entrado en la facultad, conocí a Javier Tanaka. Tanaka era experto en el *Quijote*. Conocía al dedillo todas sus ediciones y fumaba tabaco en bolsa con mucha calma y una gran sonrisa. Era divertido y completamente enano.

En cierta ocasión, se me inflamó la garganta. Y se quedó inflamada durante más de quince días. Fui al doctor. En el hospital del seguro, había un otorrino que se apellidaba Tanaka. Lo escogí a él. Era un hombre austero y silencioso que hacía su trabajo sin apenas hablarme. En un momento le pregunté si era el padre de Javier. «Sí», dijo. No dijo más. Le comenté que yo estudiaba con su hijo. «Ya», respondió. Me recetó una inyección en el culo que me pusieron en la farmacia de al lado en lamentables condiciones de higiene, pero por poco dinero. Días después, le comenté a Tanaka que había conocido a su padre. Tanaka dijo: «Ah».

Pensé que estarían peleados, pero averigüé que vivían juntos. Quizá por eso estaban peleados.

Dos días después de recibir una beca para un programa de intercambio en España, Tanaka murió. La empleada de la casa lo encontró tirado boca arriba en su cama. Las sábanas estaban llenas de espumarajos. Su familia negó que se tratase de un suicidio. Lo llamaron accidente. Según me dijo el Flaco Céspedes, Tanaka consumía más pastillas él solo que toda una *rave* de Ibiza. Pero no eran alucinógenos ni nada de eso. Tanaka necesitaba anfetaminas para despertar y barbitúricos para dormir. Quizá de verdad no se suicidó. Quizá simplemente se le pasó la dosis habitual o se le cruzó con el alcohol de la celebración del viaje a España que ya nunca haría.

O quizá ocurrió todo lo contrario, y trató de morir durante años hasta que un día, de casualidad, lo logró. Llevaba varios días de tristeza y la soledad le colgaba del cuello. Un día antes de morir, le pidió a mi amigo Rony que lo acompañase a tomar un café. Quería conversar con él. Rony lo plantó porque tenía que entregar un trabajo de literatura medieval. Le dijo que se verían al día siguiente. Rony siempre se sentirá muy mal por la taza vacía de ese día siguiente. Dice que desde aquello, cuando bebe una taza de café, le parece estarse bebiendo los espumarajos de las sábanas de Tanaka.

Ya para entonces otro de mis amigos daba señales extrañas desde el planeta de los muertos. Se llamaba Alex Antúnez y era poeta, mala cosa. Los poetas del Perú siempre se matan. Luis Hernández se tiró a las vías de un tren, Vallejo se dejó morir en vida, Moro se fue a trabajar al colegio militar siendo homosexual, Adán se recluyó voluntariamente en un manicomio, Heraud organizó una guerrilla en la que sólo lo mataron a él, porque todos los demás huyeron al ver su cadáver. Alex Antúnez no quería ser la excepción.

Alex también había estado en mi colegio (a un montón de gente de mi colegio le dio por morirse) antes de su intento frustrado de ingresar en el seminario jesuita y de un breve esfuerzo por dedicarse única y enteramente a la poesía, esfuerzo que duró tres días.

Luego de eso fue a la universidad, donde yo lo conocí porque dictábamos prácticas en el mismo grupo. La primera vez que fuimos a dar una clase, nos tomamos una cerveza juntos para los nervios. Alex me cayó bien. Meses después, organizamos una fiesta para recaudar fondos para una revista literaria. Cuando ya habíamos bebido todos demasiado, Alex trató de besarme. Yo le dije que lo respetaba pero que a mí me gustaban las mujeres, y me sentí un imbécil, de verdad.

Nuestra relación se enfrió un poco, pero seguimos conversando cuando nos cruzábamos en la universidad. Alex solía decir que quería entrar en tratamiento psicológico pero no tenía dinero. Me contó cuando le pegó a un policía en la cara y pasó la noche en la comisaría, cuando se acostó con uno de sus alumnos y cuando se bajó el pantalón frente al decano de Derecho. Después le perdí el rastro.

Con el tiempo, me fui enterando de que se había ido a la selva, de que había publicado al fin su poemario y de que se había casado. Me sorprendió su matrimonio, pero sobre todo, me sorprendió la noticia de que tenía una hija. Las últimas veces que lo vi apenas nos saludamos. Él llevaba collares de chaquiras de la selva y parecía feliz.

Yo ya estaba en España cuando me contaron por mail del incendio en su casa. Lo había descubierto su esposa al volver de compras. El humo salía a borbotones por las ventanas. Ella trató de abrir la puerta, pero estaba cerrada por dentro. Llamó a los bomberos. Cuando tiraron abajo la puerta, encontraron a Alex, o lo que quedaba de él, abrazado a un ejemplar de su libro abierto por la última página, en los versos que decían:

Yo quiero pertenecer al aire
Por eso incendio mi cuerpo

No sé si Alex fue un cobarde o un valiente. Me hago la misma pregunta sobre todos los demás. Pero de todo mi rosario de amigos suicidas, solitarios, desadaptados y exánimes, la que más me intriga es la única mujer. La guapísima Bel Murakami (por lo visto, a los japoneses les entusiasma el suicidio).

Lo de Bel fue diferente. Ella no era mi amiga.

Yo sólo tenía unas ganas increíbles de tirármela.

Bel era una leyenda entre los jefes de práctica. Uno de mis colegas, Andrés Molina, se dedicaba a elaborar un ranking de las alumnas más apetecibles para ir modificándolo a sugerencia de los demás miembros del cuerpo docente. Se pasaba horas en la rotonda de letras «pesando la mercancía», o sea, fantaseando y contando chistes verdes sobre cada nueva aspirante al trono de la «cachimba de oro» de cada año. Cuando llegó Bel Murakami, Molina la declaró de inmediato «cachimba del milenio» y nunca más hizo listas de éxitos. Yo la vi alguna vez por esa época, y también voté por ella, pero nunca la conocí personalmente.

Años después, poco antes de abandonar el Perú, la vi entre el público de un concierto en que cantaba uno de mis hermanastros. Bel estaba guapísima. Pero esa noche yo había ido con mi amiga Daniela. Aunque Daniela era sólo mi amiga, me pareció descortés dejarla tirada para hablar con otra. Además, nunca he tenido la menor idea de cómo se le habla a una chica a la que no conoces para llevártela a la cama. Es una técnica que todos mis amigos —vivos y muertos— parecen tener muy clara. Pero yo nunca la he dominado.

A la mitad del concierto, a la chica de la mesa de atrás le dio un ataque de epilepsia. La gente se asustó, el concierto se detuvo y mi amiga Daniela corrió a ayudar a la enferma, porque Daniela quiere salvar el mundo. De repente, me encontré al lado de Bel Murakami, sin incómodas compañías y con el tema perfecto de conversación. Hablamos de epilepsia. De lo que hay que hacer, de por qué se produce, de qué riesgos conlleva. Ella dijo que en medio de un ataque es recomendable meter una cuchara en la boca de la víctima para que no se muerda la lengua y se la mutile.

El ataque terminó y todo se tranquilizó más rápido de lo que esperaba. Daniela volvió a mi mesa y Bel a la suya. Parecía estar sola.

No alcancé a pedirle su teléfono, pero la siguiente vez que vi a mi hermanastro, le conté que en su concierto había conocido a una chica que estaba muy buena. Mencioné el nombre de Bel. Mi hermanastro se horrorizó. Dijo que él había sido su novio y que estaba loca. Loca, loca, loca, repitió. Histérica. Me dijo que había ido al concierto sólo por joder, en particular por joder a su nueva novia, que en efecto, se había puesto furiosa.

De todos modos, durante las siguientes noches, cada vez que me masturbaba con las estrellas porno de la madrugada, les ponía la cara de Bel.

La volví a encontrar tres días después en otro bar. Yo estaba con mis amigos del grupo Kamasutra —unos drogadictos todos— y ya llevábamos muchas horas de fiesta. Fatal. Cuando la vi, decidí acercarme, decirle algo, pedirle el teléfono. Avancé a través de la pista de baile, entre sudores y codazos. Levanté la mano para saludarla. Ella devolvió el saludo. Seguí avanzando. Ya estaba a sólo un par de metros cuando me di cuenta de que estaba tan ebrio y tan atontado de coca que iba a hacer una vergüenza frente a ella. Ni siquiera podía articular las palabras porque la mandíbula me bailaba. Sudaba. Quería vomitar. Cuando vi que ella estaba a punto de levantarse, le sonreí y seguí de largo hacia el baño.

Sólo la volví a ver una vez en persona y otra en efigie. La primera fue meses después, una noche, en un grifo en que paré a comprar cerveza. Yo estaba con una chica que no era ni la mitad de bonita que Bel, y ella estaba con un tipo que era millonario. Nos saludamos con un movimiento de cabeza. Pasé el resto de la noche tratando de olvidar que no estaba con ella.

La última vez que la vi aparecía en una revista peruana que me trajo mi padre a España. Había una foto de Bel, que acababa de montar una exposición de grabados. Estaba muy flaca, aún era hermosa, pero tenía por lo menos quince kilos menos de belleza que la semana en que la amé.

Hace dos días, me escribió mi amigo Lorenzo contándome que habían encontrado a Bel en medio del barranco frente al mar de Lima. Me imagino que era un día de esos en que el cielo parece una alfombra usada. Bel se había arrojado desde lo alto, pero sólo había caído —más bien rodado— unos veinte metros. Está viva, pero aún permanecerá en el hospital dos o tres días más por diversas lesiones de poca gravedad. Lorenzo dice haber oído que Bel estaba embarazada, y que perdió el niño debido a los golpes. Espero que sea sólo un rumor.

Depredador

A sus treinta y nueve años, Elena se había resignado a la soledad. No era bonita, tampoco era fea, y esa medianía se traducía a todos los ámbitos de su existencia: ni rica ni pobre, ni tonta ni excepcional. Sus características eran tan normales —tan poco características— que Elena atribuía su falta de compañía a un temperamento demasiado exigente, o en última instancia, a la suerte. No necesariamente a la *mala* suerte. Simplemente, a la suerte que le había tocado.

Tampoco es que fuese una solterona o una mojigata. Había tenido parejas a lo largo de su vida adulta, especialmente desde que había dejado su conservadora Lima natal por la más liberal Barcelona. Algunas de esas parejas habían resultado placenteras. Las menos, duraderas. La mayoría de sus relaciones se habían derretido con el tiempo, y las que sobrevivían a los años solían esfumarse cuando llegaba el momento de dar el salto definitivo hacia el matrimonio o los hijos. No se trataba —como maliciaba su madre— de que los hombres se negasen a casarse. Era ella misma quien se sentía incapaz de sellar un compromiso más allá de seis o siete fines de semana. Tenía claro que prefería cargar sola con el tedio que duplicarlo. Y si las sábanas se le antojaban frías, una bolsa de agua caliente le parecía un remedio más seguro que un compañero tibio.

Además, para poblar el mundo a su alrededor, le bastaban sus colegas de la oficina. Elena trabajaba cerca de la calle Comercio, en una agencia de viajes. La mayor parte de su labor no era enviar gente por el mundo sino organizar a los turistas —cada vez más numerosos— que visitaban Barcelona. Así que, en cierto sentido, la agencia no era un punto de partida, sino un final de viaje, un destino último, algo que su ubicación física remarcaba: perdida entre las enrevesadas callejuelas del Born, encajonada en una calle ciega, bajo un arco vagamente antiguo, prácticamente invisible a los peatones, la oficina semejaba una cueva embrujada en un bosque.

La ventaja de esa situación era que los clientes no solían presentarse en la agencia, lo cual estimulaba cierta intimidad entre los miembros del personal. Entre los cuatro compañeros de Elena —Dani, Milena, Lucía y Jaime— se había establecido una camaradería cálida pero respetuosa de la vida privada, que les permitía compartir alegrías sin invadir intimidades. Así, cuando murió la madre de Milena, todos asistieron al funeral para acompañarla. Y mientras Jaime sufría una neumonía, los demás se turnaron para llevarle consomés a casa. En cambio, cuando a Elena le detectaron los quistes que alteraban su funcionamiento renal, ella no quiso importunar a nadie con sus problemas médicos. Y al dejarla su último novio —Elena lo recordaba bien porque ése sí que la hirió con su partida—, pasó días encerrándose en el baño para llorar, pero nunca desahogó su dolor con sus colegas. Ni siquiera se lo dijo a Daniel, el gay, con quien compartía más confidencias. Elena sabía que podía contar con su apoyo en las pequeñas cosas, pero temía que si pedía o necesitaba más, transgrediría la delicada frontera que separa el compañerismo del chantaje sentimental.

El calendario íntimo de la agencia estaba marcado por festividades, de las cuales las más importantes eran los cumpleaños. Cinco veces al año, tras la hora de cierre, el grupo celebraba el aniversario de alguno de sus miembros. Solían hacer una colecta entre todos para ofrecerle al homenajeado un regalo significativo, casi siempre un perfume. Y soplaban las velas de una tarta, aunque como las chicas estaban siempre a dieta, los pasteles de chocolate terminaron por reducirse a un muffin con café. Estas ceremonias incluían la repetición de los mismos chistes cada vez, y aunque no eran una orgía de diversión, a Elena le gustaban: disfrutaba de la seguridad de los pequeños ritos cotidianos, que hacían de su vida un lugar sin sobresaltos, fácil de manejar.

Sin embargo, el día en que cumplió cuarenta años, el plan fue más arriesgado de lo que ella esperaba. La fecha coincidía con el carnaval, y alguien en la oficina —quizá Lucía, que era un poco excesiva— había propuesto disfrazarse y salir a la calle todos juntos, de bar en bar. A Elena le resultaba pintoresco el carnaval de Barcelona, y algún año lo había recorrido, pero en calidad de testigo, vestida de sí misma, sintiéndose protegida en su normalidad mientras a su alrededor pululaban las más extravagantes máscaras simiescas. Estaba dispuesta a volver a hacerlo en esos términos, interponiendo una distancia profiláctica entre el carnaval y ella, sonriendo ante los disfraces más ingeniosos como se sonríe ante un espectáculo sobre un escenario. El problema, para su horror, era que el personal de la oficina le había anunciado una *sorpresa*, lo que sin duda incluiría un disfraz de uso obligatorio.

Elena odiaba todas esas cosas: las sorpresas, los disfraces y lo que llamaba «el desenfreno callejero». Le parecían entretenimientos infantiles absolutamente inapropiados para adultos responsables. Pero negarse habría implicado introducir un elemento de confrontación en su sana convivencia laboral, y no estaba dispuesta a poner en riesgo su pequeño universo. Además, en realidad, tampoco existía un plan B para esa noche. De rechazar éste, no tendría más remedio que pasarla sola, y probablemente cedería a la tentación de llamar a su madre a Lima. Y se expondría a cualquier cosa, incluso a salir a la calle vestida de monstruo, con tal de no tener que hablar con su madre en la noche de su cumpleaños. De hecho, a veces se preguntaba si no había puesto un océano de por medio sólo para no pasar los cumpleaños con ella.

Desde que Elena tenía memoria, su madre le había arruinado todos los cumpleaños. Era una mujer de temperamento extrovertido, amante de las fiestas y de los invitados, que siempre tenía la casa llena de gente. En consecuencia, trataba de convertir el cumpleaños de la niña en un gran evento social infantil. Reubicaba todos los muebles del salón, compraba toneladas de comida y bebidas, y repartía invitaciones a diestra y siniestra, incluso a niñas que no eran amigas, o peor aún, que eran enemigas declaradas de su hija. Si Elena protestaba, su madre le explicaba que no hay nada como una fiesta para hacer amistades, y que a fin de cuentas ningún problema podía ser tan grave entre niñas de su edad.

Elena, sin embargo —o quizá por eso—, era una niña retraída y tímida, que se repantigaba en un rincón mientras las invitadas se divertían y su madre departía con las adultas. A menudo, mientras trataba de hacerse invisible, pasaba de anfitriona a víctima de sus huéspedes. Cuando las niñas más avezadas caían en la cuenta de que no reaccionaría ante ninguna provocación, ideaban formas de torturarla: le tiraban de las trenzas. La empujaban. Se reían de ella. Le metían gominolas en la ropa. Le robaban los regalos. Y luego, cuando su madre se acercaba, fingían que todo iba bien y obligaban a Elena a sonreír y disimular. Por supuesto, las primeras veces, Elena trató de denunciarlo, pero su madre respondía:

—Cariño, tienes que aprender a relajarte. Tus amigas sólo están jugando.

Y tras esas palabras, la obligaba a jugar a ella también. Decía que tenía que integrarse.

Como el mundo humano era hostil, Elena se refugiaba en el de sus juguetes, y especialmente en sus muñecos de peluche, que le fascinaban. Su colección incluía un oso con ojos hechos de botones, y una cebra, y un gato muy gordo y una vaca con ubres gordas y rosadas, entre muchos otros que colgaban de las paredes y llenaban sus armarios. Elena no trataba a esos muñecos como cosas, sino como amiguitos. Los reunía en círculo en el centro de su habitación y jugaban al té. Les permitía decidir a qué querían jugar. Dormía en su compañía y, cuando ya eran demasiados para caber con ella bajo las sábanas, les cedía la cama y dormía sobre la alfombra del suelo. Ellos lo merecían, al menos, lo merecían más que las personas.

Su favorito era un lobito marrón que su padre le había traído de Miami. Lo llamaba Max. Cuando su madre le preguntaba de dónde había sacado ese nombre, Elena respondía:

—Así quiere él que lo llamen.

En efecto, como si tuviese vida propia, el lobo Max aparecía con frecuencia en los lugares más inopinados: en el cajón de los cuchillos en la cocina, debajo de la cama de los padres, en la bañera. Paralelamente, Elena aparecía cada vez menos. Al salir del colegio, se encerraba con sus muñecos en su cuarto, de donde había que arrancarla para cenar. Si había invitados en casa, incluso si eran niños, Elena se escondía debajo de su cama con todos sus muñecos. Y cada día más, parecía comunicarse sólo con ellos, delegando en Max el papel de espía en el mundo exterior.

Si tenía que comunicarse con adultos, Elena lo hacía en representación de los muñecos. No pedía chocolates, afirmaba «Max quiere chocolates». Si no quería ir a ver a su abuela, ponía como excusa que tenía enfermo al oso o a la vaca (el lobo era el único que tenía nombre propio, pero él nunca se enfermaba). Incluso en sus cartas a los Reyes Magos, sólo pedía cosas para sus muñecos, los únicos seres que parecía considerar reales. La que escribió a los nueve años decía:

> Queridos reyes por favor traigan una bufanda para el oso que le da catarro y un sombrero para mi jirafa que es muy alta y se choca la cabeza contra el techo y para Max una loba porque quiere tener lobitos gracias.

Esa carta irritó mucho a su madre. Para ella, la peor condena era el aislamiento, y la niña se estaba labrando el suyo a pulso. Para combatirlo, empezó a planear excursiones a la playa, a Chaclacayo o a La Granja Azul. En sus paseos sumaba a otros niños, tantos como fuese posible, hasta abarrotar el coche familiar. Al llegar a cada sitio los soltaba, como una jauría, para que correteasen por la hierba y persiguiesen bichos; esencialmente, para que se mostrasen llenos de vida. Pero en lo que a Elena tocaba, era inútil. La niña se comportaba con correcta pero distante frialdad. Obedecía las órdenes y participaba en los juegos sin quejas ni entusiasmo, como una tarea escolar obligatoria pero no difícil. Y lo hacía con la cabeza en otro lugar, sin duda, en el armario de sus juguetes.

Para su cumpleaños número diez, la madre decidió provocar una terapia de choque. Organizó la más grande de todas las fiestas. Alquiló un local con juegos e invitó a más de cincuenta personas, todo un logro considerando la escasa lista de amistades de su hija. Le compró a la niña un vestido rosado, y la instruyó durante días para mostrarse sociable y ser feliz, de grado o por la fuerza.

El día de la fiesta, Elena confabuló toda la mañana con sus muñecos sobre qué hacer. Se había compenetrado tanto con ellos que sus juegos eran verdaderas asambleas, con debates y turnos para hablar. Esa mañana, algunos de los peluches le sugirieron ponerse enferma. Otros, entre ellos el lobo Max, defendieron la insubordinación directa: negarse a ir.

Pero Elena no podía hacerle eso a su madre. La había visto corretear nerviosamente de un preparativo a otro durante días, y sabía que esta fiesta significaba más para ella que para la supuesta homenajeada. Además, Elena había desarrollado esa especie de coraza que le permitía ser funcional en el mundo exterior a cambio de volver al suyo sana y salva, y no le molestaba usarla si era necesario. En realidad, eso era lo más seguro, porque le garantizaba que, mientras supiese comportarse, nada cambiaría entre sus juguetes y ella. Así que, contra la voluntad de sus muñecos, optó por la solución más diplomática: asistiría a su fiesta, y luego volvería a su burbuja de peluche, a hibernar hasta su próximo cumpleaños.

Lo más sorprendente es que la fiesta le gustó. Entretenidos con las camas elásticas y los toboganes, los invitados no la atormentaron, y ella misma pudo olvidar sus temores y participar en los juegos. Conscientes de su fascinación por los muñecos e inconscientes de las preocupaciones de su madre, algunos invitados le regalaron peluches: de perritos, de monos, de gallinas, de venados. Pero por una vez, Elena tenía más interés por las personas, y fue capaz de divertirse con ellas. Esa noche, volvió a su casa con el corazón acelerado por el descubrimiento de las fiestas y la reconciliación con el mundo.

Pero cuando quiso ir a contarle todo eso a sus muñecos, ellos ya no estaban en su cuarto.

Ni en su armario.

Ni debajo de su cama.

Elena buscó por toda la casa. Revolvió los cajones. Levantó las alfombras. Llamó en voz alta a cada uno de sus muñecos, especialmente a Max. Al final, temiendo la respuesta que conocía de antemano, le preguntó a su madre qué había ocurrido con sus amigos. Los llamó así, *amigos*, mientras las lágrimas resbalaban por sus mejillas. Y las palabras de su madre le cayeron encima pesadamente, como yunques arrojados desde el cielo:

—Ya estás grande para esas cosas, querida. Es hora de buscarte otros pasatiempos.

El día en que cumplió cuarenta años, Elena abrió los ojos diez minutos antes del timbre del despertador, y dejó que el tiempo gotease lentamente hasta la hora de levantarse. Al desnudarse frente al espejo, reparó en las arrugas que empezaban a asomar en su cuello, en sus axilas y entre sus pechos. Sintió que su cuerpo venía con fecha de caducidad. Festejar el paso del tiempo con alegría le pareció una costumbre de mal gusto.

A lo largo de la jornada, sus compañeros actuaron con estudiada normalidad, lo cual sólo sirvió para poner a Elena más nerviosa. De vez en cuando, sorprendía alguna mirada de complicidad entre ellos, y se sentía tentada de pretextar un resfrío y largarse a casa hasta el día siguiente. Por la tarde, uno de los clientes se acercó a desearle feliz cumpleaños, y le guiñó un ojo. Elena tuvo la sensación de que toda la ciudad lo sabía, de que paseaba por las calles con un cartel en la frente que decía: «Hoy soy un año más vieja».

Después de cerrar y hacer la contabilidad del día, Jaime y Daniel apagaron la luz y emergieron de la trastienda con el tradicional muffin que, todo un detalle, era el favorito de Elena: manzana y canela. Tenía dos velas con los números 4 y 0 clavadas, que iluminaban tenuemente la escena mientras sus compañeros le cantaban *Feliz cumpleaños*. Elena deseó que todo terminase ahí y sopló las velas. Pero sabía que el muffin no cumpliría su deseo.

Debido a la cercanía de las vacaciones de Semana Santa estaban cerrando tarde, así que podían simplemente cambiarse de ropa y comenzar su «noche loca», como la llamaba Daniel con el acento más gay del que era capaz. Y entonces llegó el momento que Elena temía: con un *tarááán* para darle lustre a la ocasión, Milena y Lucía le presentaron su disfraz, la prueba material de que nadie se echaría para atrás, de que pasaría la noche vestida de alguien que no era ella, rodeada de gente sin cara.

El disfraz ni siquiera era original. Peor aún, era el más corriente y socorrido de todos: de prostituta. «De mujerzuela», como especificó Daniel con un chillido. Llevaba plataformas y unas medias altas de colores, una minifalda de cuero con tirantes y un top negro, todo lo cual dejaba amplias franjas de carne al descubierto. La parte buena era que, al menos en la calle, tendría que llevar el abrigo. La parte mala era todo lo demás.

Sus compañeros tampoco demostraron ser prodigios de creatividad, pero sin duda iban mejor disfrazados. Daniel llevaba la túnica y los laureles de Calígula, y Jaime iba de gótico, con un collar de clavos y accesorios de cuero y metal. Milena estaba disfrazada de Caperucita Roja. Lucía era policía. Cada uno fue entrando en el baño, y al salir con el disfraz recibía los aplausos y los comentarios jocosos de los demás. Elena, que había sido la primera, asistía al espectáculo tratando de mantener la compostura, pero con la sensación de que todo ocurría a un millón de años luz de ella.

Al salir constató con alivio que no eran los únicos disfrazados. Entre las calles y túneles del barrio desfilaban vampiros y astronautas. Frente a la tienda de pelucas de la calle Princesa, un duende y una bruja comparaban sus narices postizas. De la boca del metro de plaza del Ángel salían a la superficie perros y ratones. Durante los primeros minutos, los cinco oficinistas sentían un cosquilleo nervioso ante la situación, que Daniel procuraba aliviar con bromas sexuales. Pero para cuando llegaron al mercado de Santa Caterina, ya estaban más cómodos en sus nuevas pieles, que se confundían con los techos de mosaicos multicolores y con la atmósfera surrealista de los transeúntes. Al atravesar la Vía Laietana, el largo cuello de peluche de una jirafa se recortó entre el perfil de los edificios. Y Elena sintió que, después de todo, su atuendo de bataclana era de lo más conservador.

La explanada de la catedral confirmó esa impresión. Entre turistas y peatones desprevenidos paseaban gárgolas que parecían haber bajado de las paredes. En fila india, para poder caminar entre los estrechos corredores del Barrio Gótico, Elena y sus amigos siguieron la túnica de Daniel hasta un bar. Al entrar, quizá por el nerviosismo que le producía andar por la calle así vestida, Elena sintió alivio, como si llegase a un lugar conocido, incluso acogedor.

El local estaba decorado como una catacumba, y el aire, lleno de un humo denso que daba a los invitados la apariencia de espectros en la niebla. Elena pidió un whisky doble. No solía beber, pero tampoco solía enfrentarse a estas situaciones, y aunque Lucía estaba haciendo juegos con sus esposas policiales y todo parecía divertido, necesitaba algo que la ayudase a relajarse.

—Lo malo del carnaval —decía Milena— es que puedes ligar con un tío feo sin darte cuenta. Como todo el mundo va tapado...

—No —respondió Jaime—, lo bueno es que puedes ligar aunque seas feo. Es una fecha muy agradecida para miles de personas...

Era necesario gritar para hacerse entender. Y la mitad de la conversación no llegaba a oídos de Elena, que de todos modos sonreía para no quedarse fuera. Tuvo ganas de ir al baño, pero hacía falta atravesar la masa humana. Lo intentó, pero no pudo avanzar demasiado.

—Cariño, te están mirando —le dijo Daniel al oído.

Al lado de la barra, un hombre lobo acababa de pedir una copa. Tenía el cuerpo cubierto de pelo, y una cola peluda que se agitaba hacia uno y otro lado.

—No me ha mirado —dijo Elena.

—Corazón, créeme. Sé cuándo un hombre mira a alguien. Aunque no sea a mí.

Alguien pidió otra ronda de copas, y una de ellas acabó en manos de Elena. Los compañeros brindaron y rieron, aunque Elena no entendía bien por qué. El hombre lobo estaba ahora más cerca de ellos, y de repente, lo vio hablando con Daniel. Y poco después, con todos los demás.

—Tienes un disfraz muy bueno —dijo Elena, por decir algo—. Pareces un lobo de verdad.

—*Soy* un lobo de verdad —respondió él.

Y ella se rio.

—También tu disfraz es bonito. Es... incitante.

—Yo lo odio.

Antes de darse cuenta, se había embarcado en una conversación con el hombre lobo. Por instantes, cuando no oía lo que él decía, se admiraba de la perfección de su disfraz. No encontraba las cremalleras, ni las costuras, y la máscara parecía ajustarse a su rostro perfectamente. Después de un rato, Milena preguntó:

—¿Cambiamos de lugar?

Casi automáticamente, todos empezaron a empujarse hacia la salida. Al llegar a la puerta, Elena se fijó en un oso con bufanda que bebía al fondo del local. Tuvo la impresión de que tenía los ojos como dos botones.

Al salir al aire fresco, Elena descubrió que estaba ligeramente mareada, y el hombre lobo —para entonces se había identificado como Fran— le ofreció bajo el abrigo un brazo velludo, cuyo tacto parecía natural. Anduvieron un poco rezagados entre una multitud de calaveras. Al doblar una esquina llena de arcos y barrotes, Elena tropezó con un Che Guevara, que se rio a carcajadas. En la plaza frente a ellos había una cámara metálica que la observaba con su único ojo. Elena tardó en comprender que era un monumento a algo o alguien.

—¿Dónde estamos? —preguntó a su acompañante.

—Es por aquí.

Atravesaron una plaza cercada de columnas, con una fuente en el medio y palmeras. Elena reconoció la plaza Real, pero le resultó distinta a lo habitual. Quizá era la gente apostada en las ventanas, que parecía observarla en silencio. Al salir a la Rambla, descubrió que había perdido definitivamente a sus amigos.

—Juraría que estaban por aquí —aseguró Fran.

Pero entonces, y sólo entonces, Elena supuso cuál era la verdadera naturaleza de su *sorpresa* de cumpleaños, una sorpresa que tenía el sello característico de Daniel y que, quizá al calor de las copas, no le resultaba molesta: un regalo velludo y con los colmillos grandes llamado Fran:

—¿Quieres ir a otro bar?

Elena reparó en lo alto que era Fran. Lo veía desde abajo, y su rostro se recortaba contra la luna llena. Sonrió. Una mujer disfrazada de vaca con unas grandes ubres rosadas pasó a su lado, demasiado borracha para caminar sin tropezar.

Cariño, tienes que aprender a relajarte.

Atravesaron la Rambla y se internaron en el Raval. Pasaron junto a una especie de cárcel antigua con barrotes en las ventanas. Elena creyó oír un grito que llegaba del interior, pero al voltear, sólo vio a un hombre vestido de gato, con un disfraz muy gordo. Fran no se inmutó. Le había comprado una cerveza a un chino y le ofreció un trago. Elena aceptó. Conforme avanzaban, la multitud raleaba, y algunas calles estaban completamente vacías. Más allá, pasada la rambla del Raval, Elena empezó a descubrir que las personas no estaban disfrazadas de marroquíes. Eran marroquíes de verdad, y algunos de ellos le silbaban al pasar. El aire olía a kebabs y cerveza. En una esquina, una pintada exigía MATADLOS A TODOS.

Fran frenó súbitamente frente a un local cerrado con una reja.

—Joder —dijo—, no pensé que justo hoy iba a estar cerrado.

—Tengo frío —protestó Elena, sintiendo que el aire se le colaba entre las medias de colores.

Sin decir nada, Fran la guio hasta una calleja que desembocaba en una intrincada red de pasillos. Se internaron en el laberinto hasta llegar a un edificio tan angosto que no cabía un ascensor. Mientras subían unas estrechas escaleras, Fran masculló algo sobre su casa, y dio a entender que tenía unas bebidas ahí. Elena continuó el camino, más por frío que por deseo. Se sentía pesada y torpe, y quería un sofá donde tumbarse.

Y para Max una loba porque quiere tener lobitos gracias.

La casa de Fran resultó sorprendentemente grande para lo estrecha que era la escalera. Consistía en un solo pasillo que daba la vuelta a un patio central, a lo largo del cual se repartían las habitaciones. El salón era sólo un ensanchamiento del pasillo, que parecía interminable. Elena se acurrucó en un sillón y aceptó el brandi que le ofrecía su anfitrión. Al llevarse la copa a los labios, sintió la bebida espesa y caliente, como un café turco.

—Fran, me recuerdas a alguien, ¿sabes?

—¿De verdad?

—¿Puedo llamarte Max?

—Puedes llamarme como quieras.

Un sonido seco, como un golpe, le llegó desde algún lugar del pasillo, pero una vez más, Fran no pareció haberlo oído. Elena sintió los pies fríos y bebió un poco más. A cada trago, Fran rellenaba su vaso de ese líquido, que cada vez le parecía a ella menos parecido al brandi. La habitación le daba vueltas, y tenía la impresión de que había más voces en ella, aunque le resultaba difícil distinguir si estaban fuera o dentro de su cabeza. Fran seguía llevando su disfraz. El pelo era tan natural. Era como estar sentada junto a un perro gigante.

—Max, ¿por qué no te quitas la máscara? Aún no he visto tu cara.

—¿Quieres que me la quite?

Elena asintió con la cabeza.

—Quizá no te guste lo que veas —dijo él, y ella creyó percibir una sonrisa en su hocico.

—Quítatela.

Él se llevó las manos hacia la nuca. Maniobró a la altura del cuello y forcejeó un poco, como si se hubiera trabado la cremallera. Elena veía doble, y sus ojos pugnaban por cerrarse, pero la expectativa le sostenía los párpados. Al fin, el rostro del lobo se aflojó. Primero se volvió laxo en sus contornos, luego definitivamente amorfo. Fran lo tomó entre sus manos por ambos lados y empujó hacia arriba. Cuando la máscara cedió finalmente, Elena descubrió el rostro que emergía debajo de ella. Era el rostro de su madre. Y era su voz la que decía, ahora con estentórea claridad, como si sonase desde todos los rincones del salón:

—Ya estás grande para esas cosas, querida. Es hora de buscarte otros pasatiempos.

En el instante siguiente, Elena sólo atinó a ver los colmillos abiertos, acercándose a su rostro. Y la oscuridad.

Elena abrió los ojos diez minutos antes del timbre del despertador, y dejó que el tiempo gotease lentamente hasta la hora de levantarse. Al principio, tardó unos segundos en comprender que estaba en su casa. Luego, trató de recordar cómo había regresado, pero no lo consiguió. Procuró pensar que en realidad no había salido por la noche, pero su disfraz —ese horrible disfraz— estaba tirado en el suelo, como un incómodo testigo. Se levantó y lo empujó bajo la cama con el pie. Quiso ignorar que había cumplido cuarenta años. Que alguna vez había cumplido años. Lo único real, se dijo, es lo que ocurre frente a otras personas.

Al menos podía estar segura de que en el trabajo nadie preguntaría. Tenía ese tipo de relación con sus compañeros, respetuosa de la intimidad. Podía perfectamente decretar que nunca habían celebrado una fiesta con muffins de manzana y canela. Quizá aunque preguntase, los demás tampoco lo recordarían. Quizá ni siquiera habían registrado el día anterior, y estaban esperándola con una sonrisa pícara y un disfraz de mujerzuela, listos para celebrar el carnaval.

Al desnudarse frente al espejo, reparó en las arrugas que empezaban a asomar en su cuello, en sus axilas y entre sus pechos. Sintió que su cuerpo venía con fecha de caducidad. Festejar el paso del tiempo con alegría le pareció una costumbre de mal gusto.

El pasajero

Fue sólo un susto.

El frenazo y el golpe. Los golpes. Estás un poco aturdido, pero puedes moverte. Abres la portezuela y te bajas sin mirar al taxista. No te duele nada. Eres un turista. Tu única obligación es pasarlo bien.

Para tu suerte, un autobús frena en la plaza. Te subes sin ver a dónde va. Caminas hacia el fondo. Aparte del mendigo que duerme, no hay nadie más ahí. Te sientas. Miras por la ventanilla. La ciudad y la mañana se extienden ante tus ojos. Respiras hondo. Te relajas.

En la primera parada, sube una chica. Tiene unos veinte años y es muy atractiva. Rubia. Todos aquí son rubios. Es la chica que siempre has querido que se siente a tu costado. Va vestida informalmente, con jeans ajustados y zapatillas. Su abrigo está cerrado, pero sugiere su rebosante camiseta blanca. Se sienta a tu lado. No puedes evitar mirarla.

Notas que te mira.

Al principio es imperceptible. Pero lo notas. Voltea a verte rápidamente con el rabillo del ojo, durante sólo un instante. Cuando le devuelves la mirada, ella baja los ojos. Se ruboriza. Trata de disimular una sonrisa. Finalmente, como venciendo la timidez, dice coqueta:

—¿Qué estás mirando? ¡No me mires!

Vuelve a apartar la vista de ti, pero ahora no puede dejar de sonreír. Hace un gesto, como cediendo a su impulso:

—¿Por qué me miras tanto? ¿Ah? Ya sé. —Ahora se entristece—. Se me nota, ¿no? ¿Se me nota? Pensaba que no —sonríe pícara—. ¿Te la enseño? Si se me nota, ya no tengo que esconderla. ¿Quieres verla? —Se da aires de interesante, pone una mirada cómplice y habla en voz baja, como si transmitiese un secreto—. Está bien, mira.

Se abre el abrigo y deja ver cuatro enormes heridas de bala en su corazón. El resto del pecho está bañado en sangre.

Ríe pícaramente y se pone repentinamente seria para anunciar:

—¿Ves? Estoy muerta.

¿Verdad que no se nota a primera vista? Nunca se nota a primera vista. No lo noté ni yo. Será porque es la primera vez que muero. No estoy acostumbrada a ese cambio. En un momento estás ahí y lo de siempre: una bala perdida, un asalto, quizá un tiroteo entre policías y narcos, pasa todos los días. Y luego ya no estás. Sabes a qué me refiero, ¿verdad?

A mí, además, me dispararon por ser demasiado sensible. En serio. Por solidarizarme. Íbamos Niki y yo a una pelea de perros. Niki es mi novio y es héroe de guerra. Sí. De una guerra que hubo hace poco... No. No recuerdo dónde. Niki tiene un perrito que se llama Buba y una pistola que se llama Umarex CP Sport. Pero al que más quiere es a Buba. Es un perro muy profesional. Ya ha despedazado a otros tres perros y a un gato. No deja ni los pellejos. Increíble. A Niki le encanta. Es su mejor amigo, de hecho. Entonces, íbamos en el auto, y Niki y Buba iban delante. Yo iba en el asiento trasero. A Niki le gusta que nos sentemos así, dice que es el orden natural de las cosas. Niki es muy ordenado con sus cosas. Y muy natural.

Saliendo de la ciudad hacia el... ¿perródromo? No, eso es para carreras. ¿Cómo se llama donde hay peleas de perros? Bueno, íbamos para allá y paramos en una gasolinera para que Niki fuese al baño. Aparte de una pistola y un perro, Niki tiene problemas de incontinencia, pero no se lo digas nunca en voz alta, de verdad, por tu bien. O sea que Buba y yo nos quedamos a solas en el auto. Perdona que me interrumpa, pero no me mires demasiado la herida, por favor. Odio a los hombres que no pueden levantar la vista del pecho de una. Y a las mujeres también. Si no estuviera muerta, llamaría a Niki para que me hiciera respetar. ¿O. K.? O. K.

Bueno, sigo: estamos en el auto, ¿no? Buba y yo. Y Buba me empieza a mirar con esa carita de que quiere ir al baño. O sea, no al baño, porque es un animal, ¿no? Pero a lo más cercano a un baño que pueda ir, ¿O. K.? Y me mira para que lo lleve. De verdad, no creerías que es un perro asesino si vieras la cara que pone cuando quiere ir al baño. Se le chorrean los mofletes, se le caen los ojos y hace gemiditos liiindis. Así que lo miro con carita de pena, lo comprendo, ¿me entiendes?, y le abro la puerta para que pueda desahogarse.

Buba baja y yo lo acompaño unos pasos, pero luego veo que en la tienda de la gasolinera hay una oferta de acondicionadores Revlon, así que me detengo porque es algo importante y él sigue. Y entonces, aparece el otro perro. O sea, una mierda de perro, perdón por la palabra, ¿no?, un chucho callejero y chusco con la cola sin cortar y las orejas caídas. ¿Has visto a los perros sin corte de orejas y cola? Aj, horribles. Pues peor.

Bueno, te imaginarás, ¿no? El chusco se pone a ladrar, Buba se pone a ladrar, se caldean los ánimos, los acondicionadores Revlon sólo están de oferta si te llevas un champú, Niki no termina nunca de hacer pila y, de repente, la persecución de Buba al otro, los ladridos, los mordiscos. Lo de siempre, excepto el camión. Lo del camión si que no había cómo preverlo porque, o sea, no es que una pueda adivinar el futuro. Sabes a qué me refiero, ¿verdad? Yo llegué a escuchar el frenazo y el quejido perruno. Francamente, por esa mariconada de quejido, yo pensé que había chancado al chusco.

Pero no fue así.

Cuando Niki salió del baño y vio a su perro, yo ya estaba buscando protectores solares. Niki se arrodilló junto a Buba, le besó las heridas, se puso de pie y vino directamente hacia mí. Yo lo recibí con una sonrisa, pensando, mira qué bien, ¿no? Nosotros estamos vivos, o sea, ha podido ser peor. Y él me recibió con cuatro disparos de la Umarex CP Sport. Es amarilla la Umarex CP

Sport. ¿Alguna vez has visto una pistola amarilla? Niki tiene una.

Lo demás de estar muerto es rutinario. Sabes a qué me refiero, ¿verdad? Es aburrido, porque ya nadie que esté vivo te escucha. Eso sí, vienen por ti, te llevan en una camilla, o sea, ya estás muerta pero igual te llevan en una camilla y en una ambulancia. Qué fuerte, ¿no? Como si estuvieras viva. Eso te hace sentir bien. Valorada. Te llevan a una clínica privada, llenan unos papeles y ahí te guardan. Hace frío ahí.

Hace mucho frío.

Ya ahí conoces otros cadáveres, te comparas con ellos, te das cuenta de que estás mucho mejor que ellos, o sea, te ves bien a pesar de las dificultades, ¿no? Y eso es importante para sentirte bien contigo misma. Claro, la herida no ayuda, pero no te imaginas cómo está la gente ahí, ¿ah? O sea, no se cuidan nada. Y eso que son gente bien, ¿ah? No creas que a cualquier muerto lo llevan a una clínica de ésas.

Al principio sobre todo te sientes bien insegura. Es como si te diera la regla pero sin parar y por el pecho. Entonces, es bien incómodo. Pero luego llega un doctor guapísimo, de verdad. Sabes a lo que me refiero, ¿no? Entonces están tú y él a solas, pero no como con Buba en el auto, sino distinto, porque tú estás muerta y él no es un perro, es como más íntimo, ¿no? Y él empieza a tocarte, a acariciarte, a masajearte, pasa sus manos por tu cuerpo. Y están calientes sus manos. La mayoría de las cosas vivas están calientes. Y luego te abre en canal para buscar cosas en tu interior. Y ¿sabes qué? Sientes..., no sé..., sientes que es la primera vez que un hombre tiene interés en tu interior. No sé. Es como muy personal. Pero te dejas, permites que sus manos recorran tu anatomía, te parece que nadie te había tocado antes en serio. Y te da un poco de penita, de verdad. Hay cosas que yo no sabía que tenía, que en toda mi vida nunca lo supe, como el duodeno, la aorta, el esternocleidomastoideo, ¿no? El tríceps sí sabía, por el gimnasio. Y te dices, pucha, me habría gustado saber que tenía todo esto porque, no sé, ¿no? Es parte de ti y tienes que vivir con eso y este hombre lo descubre para ti. No sé cómo explicarlo. Es algo supersuperpersonal. De haber tenido fluidos, creo que hasta habría tenido un orgasmo. ¿Y sabes por qué hace eso el forense? ¿Por qué me lo hizo a mí con ese cariño? No sé, lo he estado pensando un montón, no creas, y... creo que lo hace porque a mí no se me nota. Claro, si me miras bien, sí. Pero a primera vista no se me nota lo muerta. Yo creo que al forense le gustan las muertas poco ostentosas. Yo soy muy sencilla. Y tú también, de verdad. Si no hubiera visto tu accidente en el taxi, hasta pensaría que estás vivo. Uno te tiene que mirar bien para darse cuenta, pero al final, un ojo con experiencia puede percibirlo.

Este libro se terminó
de imprimir en
Fuenlabrada, Madrid,
en el mes de
noviembre de 2022

«Para viajar lejos no hay mejor nave que un libro».

Emily Dickinson

Gracias por tu lectura de este libro.

En **penguinlibros.club** encontrarás las mejores
recomendaciones de lectura.

Únete a nuestra comunidad y viaja con nosotros.

penguinlibros.club

Penguin
Random House
Grupo Editorial

 penguinlibros